CARLO CRESCITELLI

MUSICA MENTRE

FAVOLA ROCK A DUBLINO

© Carlo Crescitelli 2022
Tutti i diritti riservati
Utilizzo e riproduzione anche parziali, sotto
qualsiasi forma e a qualunque titolo, vietati

Foto copertina: "River Liffey" © Carlo Crescitelli 2016
Foto 4a copertina: "An exotic-taste selfie" © Carlo Crescitelli 2019

INDICE

PRIMA CHE TUTTO ACCADA   11
    TESTA (gira la)   13
    STESSA SERA, STESSE CASE   14
    FACCIA A FACCIA CON LA BESTIA   19

DUBLINO O CARA   27
    CHIPPIE YA YE   29
    BBQ   38
    HIDE & SEEK   44

INTERVALLO   57
    PATAPHYSICAL INTRODUCTION   61
    POSTPANDEMIC MUSIC   67
    DUB-LIN   72

INTRODUCING THE BAND   **75**
  REWIND   78
  ...EARTHERRANEAN!   84
  A QUESTO SERVE DUBLINO   94
  BOCCA PIENA TESTA VUOTA   102
  VOGLIO LA PIZZA   109
  IL GIORNO CHE MUORI   115

MUOVITI, È ORA!   **121**
  BENVENUT@ A DUBLINO   123
  BUIO   130
  PUNTUALITÀ PRIMA COSA   134
  SETTANTA REVISITED   139

CHE LA NOTTE INCOMINCI   **143**
  L'UOMO DELLE OFFERTE   145
  PIACERE: MR BARRETT   149
  DISSOLVENZE   155
  IL QUADERNO DI LORD   163
  PENOMBRA   165
  CASTIGAMATTI & CO.   170

BEDLAM   **179**
  UPPER BEDLAM   182
  FREDDO   187
  GATTO E CHIOCCIOLA   193
  LOWER BEDLAM   199
  PASSIONE   204

SOGNO DI UNA MEZZA NOTTATA D'ESTATE
CON CONTORNO DI VITELLA ALLE PRUGNE,
PSEUDOGANGSTER E VERO CATARRO   209

AFTER THE ORDEAL   **217**
LA PAGELLA DI LORD   220
LO VEDI?   222
SOGNO ANTICO   225
VORREI CHE TU (NON) FOSSI QUI   230

QUALCOSA FINISCE, QUALCOSA RIMANE   **235**
CONFESSIONI POSTUME DEL SIGNOR POLO,
ARTISTA INCOMPRESO   237
IL REAME DEL BUIO   242
UN GIORNO   246

Postfazione dell'autore: i perché di questa storia   251
Grazie a: 255
Ovvia quanto irrinunciabile nota   256

Appendice a) **DUBLINO IN SINTESI** **257**
Dove eravamo   258
Con chi eravamo   261
Outfit   264
In tavola   266

Appendice b) **NOTE TECNICHE DA CONCERTO** **267**
Strumentazione   268
Musica tra le righe   269

Santo! Santo! Santo! Santo! Santo! Santo! Santo! Santo! Santo! Santo! Santo! Santo! Santo! Santo! Santo!
Il mondo è santo! L'anima è santa! La pelle è santa! Il naso è santo! La lingua e il cazzo e la mano e il buco del culo sono santi!
Tutto è santo! Tutti sono santi! Dappertutto è santo! Tutti i giorni sono nell'eternità! Ognuno è un angelo!
Il pezzente è santo come il serafino! Il pazzo è santo come tu mia anima sei santa!
La macchina da scrivere è santa la poesia è santa la voce è santa gli ascoltatori sono santi l'estasi è santa!

Santa mia madre nel manicomio! Santi i cazzi dei nonni del Kansas!

Santo Perdono! Pietà! Carità! Fede! Santi! Nostri! Corpi! Sofferenza! Magnanimità!
Santa la soprannaturale ultrabrillante intelligente gentilezza dell'animo!

da **Allen Ginsberg**, Nota a Urlo, Berkeley 1955, traduzione di Fernanda Pivano

Quando dico **rock'n'roll** *non voglio dire un gruppo che suona canzoni, dico di un'intera comunità che passa per il suono, il ritmo e lo scambio di energia. Una sorta di sentire comune. Il senso di essere insieme in qualcosa di unico. Non è una merdata hippie. Non mi interessa un mondo dove tutti cantino la la la la, ma credo che esista un futuro là dove tutti cominceremo a comunicare.*

Patti Smith

PRIMA CHE TUTTO ACCADA

dal diario di Lord: pensiero prigioniero # 1

TESTA (gira la)

Farmi girare la testa.
Questo sì che mi è sempre piaciuto, che te lo dico a fare?
Girare la testa.
Girare.
La testa.
Conosco tanti trucchi, sapete?
Ma il più bello, il migliore è... quando incominci ad urlare, e pian piano ti accorgi che non riesci più a fermarti. Davvero: forse dentro di te vorresti, ma non hai proprio forza né reale desiderio di farlo, ed è allora che l'Onda ti prende e la testa...

La testa.
La più alta, più nobile, raffinata, gratificante eccitante deliziosamente incontrollabile funzione dello scopo fine a se stesso di una testa che gira!

STESSA SERA, STESSE CASE

Ci sono città che si rivelano subito al visitatore in tutto il loro fascino, immediatamente e senza filtri già alla sua prima avida occhiata; così come ci sono città che invece devono essere esplorate a fondo, senza fretta, con calma e pazienza, per svelarsi nella loro bellezza nascosta.

E naturalmente ci sono città che racchiudono in sé entrambi questi due aspetti.

Prendi **Dublino**.

Del suo appeal turistico innegabile e unico ne parlano già sempre tutti in ogni sede possibile, e di conseguenza queste pagine sono esattamente il luogo meno adatto per farlo anch'io. Quindi ti risparmio ogni parola al riguardo; perché invece ti voglio parlare, qui e ora, di tutt'altra Dublino. Quella che non vedi certo al tuo primo viaggio e neppure al secondo: quella che forse neppure vedrai mai, se magari non ti capita, o se non te la vai a cercare. Una **Dublino segreta**.

Non se ne parla molto, sai, e neanch'io troppo ne parlerò; appena poche righe, perché le parole non dicono granché, in questa mia Dublino nascosta, e le emozioni invece tanto. E io ti dirò di angoli situazionali inediti che giacciono il più delle volte celati dal passaggio inclemente del tempo, quando non dall'incuria e dall'oblio del loro stesso popolo. E ti farò capire come l'unica maniera di poterli raggiungere sia quella di battere sistematicamente il terreno cittadino con approccio empirico da archeologia urbana: metro per metro, palmo a palmo. Perché – come in ogni città perduta che si rispetti – anche qui la meraviglia si annida nell'ombra: a pochi passi dagli usuali percorsi di ogni giorno. E ci arrivi soltanto se magari qualcuno per caso te lo racconta, o se viceversa hai imparato tu a decodificare tutta una serie di disordinati segnali (pur sempre lì a tua disposizione, tua come di tutti, intendiamoci). Ecco. Che lo scrigno si apra allora... al suo interno? L'inestimabile tesoro della memoria: individuale collettiva passata presente ritrovata futura. Buona e fruttuosa ricerca a te, quindi! Ma fai attenzione: non sempre potrebbe piacerti... questa proiezione urbanistica delle tue stesse inquietudini.

Intanto, giusto così per incominciare: nella tua Dublino segreta, mentre il sabato sera impazza a **Temple Bar**, potresti andartene in giro qualche centinaio di metri oltre, nella città vecchia ammantata dalla notte, il centro storico medioevale poco oltre il **Dublin Castle**, oggi residenza presidenziale. Dalle parti di **Christ Church Cathedral**, ecco. E l'atmosfera sarebbe subito completamente diversa: imponenti colonnati, guglie che svettano nel buio e, dietro le inferriate, scenari scolpiti dall'oscurità e dalle fronde: la città di **Bram Stoker**. Certo, puoi anche andarci con il **Dublin Ghostbus**, con un maturo e inquietante attore a farti da guida, ma... chiediti prima se farlo con lui in Ghostbus o se invece piuttosto, in solitudine, per rendere ancora più autentici i tuoi brividi.

E poi dopo magari, una virata verso sud, mica troppa strada, e... chi l'avrebbe mai detto? Un **cimitero ugonotto francese del diciassettesimo secolo** nel mezzo di una delle roccheforti cattoliche mondiali! Ombre calviniste si allungano in città: a **St. Stephen's Green**, proprio di fianco all'**Hotel Shelbourne**. Ma tu dovrai accontentarti di dare un semplice sguardo di là da un cancello chiuso, perché non è mai aperto alle visite; e forse neppure interessa a molti, a giudicare dalla fretta noncurante con la quale i passanti lo superano di giorno.

Ma adesso intanto... com'è bello il **River Liffey** di notte, all'altezza di **Heuston Station**, di poco superata la **Guinness Storehouse** in direzione **Phoenix Park**, mentre i bus percorrono solitari il lungofiume prima dell'alba! La **nebbia** che lo avvolge ne filtra le **luci**, che sfumate ne emergono, **gialle e rosse**, come piccole gemme colorate a impreziosire la scena.

E la magìa continua... ma tu non farci troppo affidamento, non abituartici troppo. Perché non di questo si tratta, o almeno non proprio: i luoghi parlano, sì, ma con la voce di chi li abita, fosse solo per il primo o l'ultimo giorno della sua vita.
Ed è quella perciò che ti toccherà ascoltare.

FACCIA A FACCIA CON LA BESTIA

Bimba si sporge sullo spazio enorme, buio, puzzolente e rumoroso (dicono gli altri). Non può vederli né sentirli, ma ne percepisce il fiato, il brusio e il calpestio, come quello di una mandria pronta a scattare. La *stampede* si sta avvicinando: questo a modo suo lo sente, Bimba. Presto si scateneranno e li travolgeranno. Certo, un sistema ci sarebbe... quello solito di sempre: cavalcarli come a un rodeo. Ma resta il fatto che non si sa mai come va a finire, al rodeo: solo un secondo prima eri ben saldo in sella, e appena un secondo dopo ti ritrovi a mordere la polvere, contandoti le costole rotte, fra zoccoli, calci e altri disagi potenzialmente mortali.

Fino a pochi minuti fa, un cowboy all'altezza che li tenesse a bada ce l'hanno avuto: **il dj delle masse**, l'amico di Bono, che viene da casa loro, ma è di casa anche qui. E qui come lì, tutti gli vogliono bene, perché lui sa come farli star buoni: con la musica, l'esempio e il sorriso. Ha appena finito lo show, messo via i suoi tanti cartelli vergati a pennarello con arguti messaggi di International Peace & Love, che hanno emozionato, divertito, rilassato e ben disposto tutti. Ma adesso che lui è andato via, la mandria è tornata a fremere, a sbuffare dalle froge. E c'è una sola cowgirl a fronteggiarla, adesso.

Per farsi coraggio, Bimba si guarda le punte degli **stivali speronati** che le spuntano da sotto la **gonna lunga da zingara**; qui ci vorrebbe proprio un bel paio di **tiri**, di quelli fatti con calma, da una bella **canna** di quelle giuste, *of course*. E invece, Bimba ha solo **birra** e

pasticche. Che mica risolvono tanto il problema, anzi... perché, a rendere la faccenda se possibile ancor più complicata, non è tanto il fatto che siano praticamente tutti già ubriachi là fuori, quanto che siano praticamente quasi tutti maschi, porca puttana.

M'sieu ci è abituato da sempre, alla calca, ah ma a quella brutta e violenta, a quella che se non ci stai più che attento ti pialla in un attimo; e quindi un punto alto di osservazione lui è istintivamente portato a considerarlo già un grosso vantaggio. Ma intanto, in alto o in basso che tu sia, prima o poi le belve ci arrivano uguale a sbranarti; e bufali inferociti come quelli, prima ancora. Per quello il richiamo della savana sta già squillando a mille: c'è puzza di pericolo, e tanto.

Che cosa farà, cosa dirà quando esce? La solita, stupidissima barzelletta del negro bianco? Ma sì, o la va o la spacca, e mica così per metafora; perché qui, se qualcosa non va per il giusto verso, la masnada spaccherà tutto davvero. E nonostante l'ovvio e scontato parere contrario di

Polo, M'sieu resta convinto che non sarebbe mica tanto una così cattiva idea precederli, e spaccare tutto prima di loro. C'è un momento per sorridere, uno per colpire, uno per scansarsi e un altro per scappare, quindi bene essere sempre preparati a tutti e quattro: a questo punto, M'sieu ha già provveduto a inserirsi in mente il pilota automatico dei suoi tanti cazzuti **proverbi africani**, e prova a scacciare l'ansia dal cuore e dalle mani, che accarezzano nervose il **bastone juju** ornato di amuleti intrecciati. E siccome stasera ha già esagerato con le svolte, si concederà solamente due ultime boccate dal **cylom** – bella pipa e poco **fumo** tenuto accuratamente nascosto agli altri – prima di andare in scena.

Lord il rumore, quel rumore bianco, basso e continuo fatto di migliaia di voci che biascicano insieme frasi lontane e incomprensibili, non l'ha mai sopportato. Figuriamoci adesso, con l'**acufene** da terza età e da esiti di rintrono giovanile. Tanto vale affrontarli subito, dettare subito le regole: altra strada, Lord non riesce a vedere.

Sconfiggere il buio attraversandolo, affrontare la bestia senza un volto ma dai mille occhi, ridurla all'impotenza della volontà attraverso seduzione e lusinghe, trasparenza e inganno, magia e illusione. See see, 'na parola. E infatti, non servono parole: altre, sono le armi necessarie. Alcool e coraggio. In questo ordine. E giustamente, Lord, soltanto per caso stasera ancora più o meno sobrio e pulito, incomincia dal primo dei due. Va con la sinistra a stringere il **whiskey** preferito del giorno – oggi è **Jameson**, quello buono di qui. Bottiglia da 0,7 recuperata appassionatamente in giornata (e già mezza vuota), dritta dritta dal produttore al consumatore, alla **distilleria** in Bow Street di là dal fiume, nel bel mezzo degli sgarrupati isolati di **Smithfield** – e la tira fuori dalla tasca dello **spolverino verde militare incerato**, sfoggiato con senile civetteria su **calzoncini corti rosa**, che ben esaltano le sue scure cosce tornite, terminanti in **sneakers imbrillantinate da**

basket; la stappa con la destra rapida ed esperta, e se l'accosta veloce alle labbra. Invitato con garbo dal malto, il coraggio non tarderà a presentarsi.

A Gino non gliene può fregare di meno, di tutto questo tacito bordello incombente: a lui basta accarezzarsi le tempie sotto il **berretto in patchwork di tweed**, e si sa già che è pronto. Tra pochi secondi, dopo poche zampate sufficienti a conquistarsi il terreno, sarà là fuori tranquillo a esprimersi nella massima concentrazione. Ma non è che sia poi così convinto di averne tutta questa voglia: a quale fine, a quale utilità, poi? Una fusione di intenti? Una incursione nel bello? Uno sguardo dentro l'anima? Per lui e per Bimba, si sa, è come per tutti gli altri... altre porte, altre risorse, altri feedback... insomma, faranno ancora una volta alla come viene: poco ma sicuro.

Sicuro come quelle due belle **pasticchette** già pronte sotto la lingua; eh senza quelle, col cavolo che se le sarebbe trovate a disposizione, tutta 'sta calma e lucidità.

Polo si stira rabbioso con le mani **la t-shirt biancoverde da hurling**. La verità è che li odia. Tutti. Sopra e sotto il palco. Nessuno che ha mai capito, e neppure stasera capiranno. Ogni volta, la stessa storia: che ci arrivi vicino un tanto così, e poi... tutto sbagliato, tutto da ricominciare e rifare. E stavolta non sarà diverso... tanto vale allora buttarsi, e affanculo il resto. E non c'è davvero più alcun bisogno di aiutini, basta, ne ha presi fin troppi per oggi: a Polo, l'adrenalina e la rabbia, quelle al momento giusto gli salgono da sole da dentro. Giusto quando serve, assieme al groppo cartoso alla gola e al tremito isterico per le troppe **sigarette** fumate nell'ultimo paio d'ore.

Si cercano brevemente con gli occhi nella penombra del dietropalco, si scambiano pacche sulle spalle stringendosi nel consueto quintuplo abbraccio circolare, poi si staccano e fanno un passo e poi due verso i fari e le tavole, e finalmente escono alla vista. La vista riflessa di mille occhi urlanti di bocche spalancate e afone. Il momento è arrivato, la celebrazione appare degna della sua fama. E beh, anche a volerla guardare dal di fuori, gran bella storia davvero. Figurarsi ritrovarcisi invischiati fino al collo.

DUBLINO O CARA

CHIPPIE YA YE

Stesso giorno, ma prima, nel mezzo di uno di quei languidi pomeriggi di melanconia autunnale nei quali, non so se mi spiego, tu sei lì a spassartela da qualche parte eppure provi quello strano rimorso che dovresti essere altrove ma non sai dove. Non so se mi spiego.

Al primo piano da **Beshoff** al 5-7 di **Lower O'Connell**, nella sala linda e piastrellata, seduti proprio a fianco dei monitor a muro che mandano video di **Riverdance**, Bimba e Gino guardano estasiati i vassoi di plastica gonfi di pesce e patate, mentre la vetrata inquadra sulla sfondo il passeggio di metà pomeriggio: ma a questo punto, con quel ben di Dio davanti, dubito che la malinconia autunnale nonsense di cui sopra riesca ancora a contagiarli più di tanto.

Bimba si alza per andare a prendere da un altro tavolo la boccetta un po' scivolosa dell'aceto, e inzuppa generosamente la pastella dorata e le fette di patata tagliate grosse, sotto lo sguardo comicamente perplesso di Gino. Che intanto se la ridacchia di quella sua strana risata afona. Fidati, gli fa cenno Bimba, mentre lui si sorseggia la sua **Smithwick's** piccola in vetro, incerto se aderire all'acido invito di lei, che nel frattempo è partita col sale: una nevicata di sale. È fritto nella **sugna**, per questo è così buono, indica lei a bocca piena e impastata di **granella** e **sale bagnato d'aceto**. Poi si pulisce il muso col dorso della mano. Non lo sapevi? Non lo sapeva, Gino: quasi nessuno lo sa, quasi nessuno mai se lo aspetta, che questi matti di irlandesi mischiano carne e pesce nella stessa pietanza, che poi proprio per questo è così buona, che non ti viene mai così, a casa, quando ci provi tu: e la frittura di pesce mediterranea impallidisce, di fronte al gusto superpotenziato nordatlantico, non te lo puoi immaginare, guarda.

Come fanno a parlarsi in quel casino, dici? Ma è semplice: col linguaggio dei segni. Bimba intanto, non ha parlato più da dopo... vabbè, e Gino... Gino è sordomuto, cioè, sordo non proprio, ma muto sì, questo sì, come il pesce che mangiano, del tutto, dalla nascita. E un'altra cosa del tutto certa è che, pur dopo la lunga pausa del lockdown, di turisti continuano a non venirne molti, qui da Beshoff. Proprio come prima, sono tornati a farsi spennare a Temple Bar, sull'altra riva del fiume; e come prima, del locale si sono reimpadroniti i nativi. Che fanno da storici padroni anche di altri posti in genere, qui sotto lo **Spire**: l'assurdissimo altissimo spillo metallico costruito in ritardo nel mezzo di O'Connell per commemorare l'ingresso nel nuovo millennio, ma che adesso però almeno ti fa da orientamento da un bel pezzettino di città nei paraggi. The Needle, l'ago, lo chiamano i dublinesi, e come dargli torto... ma torniamo a Beshoff. I primi ad arrivarci, qui sulla riva nord del Liffey, furono i russi matti che lo misero su a inizio Novecento: evidentemente, tra matti e matti devono essersi capiti. E matti per matti per matto per matta, anche Bimba dà la sensazione di esserci già stata, qui, di conoscerlo bene, il posto, e non proprio da turista. Gino l'ha intuito, ma per ora rinuncia a chiedere: ha domande più urgenti per lei. A proposito... certo di farti piacere, già che ci siamo la loro conversazione in lingua dei segni te la traduco in simultanea in lingua dei suoni: anzi, delle lettere.

- *(Gino) Che facciamo ora?*
- *(Bimba) Cazzo ne so. Mangia che ti si fredda.*
- *(Gino) E gli altri?*
- *(Bimba) Cazzo ne so, di là, passato il ponte. Mangia.*
- *(Gino) E dove? Qua è pieno, di ponti!*
- *(Bimba) Cazzo ne so, uffa! Dove stanno tutti, dove stanno tutti i pub, 'a musica, tutti... ma non ti*

piace? E mangia, cazzo, oh, se non lo voi m'o mangio io!
- (Gino) Sì, ma poi ce l'abbiamo l'appuntamento? Bimba!
- (Bimba) Gino...
- (Gino) Sì, lo so. Cazzo ne so. (ridacchia di nuovo) Co' 'sta bocca piena fai schifo.
- (Bimba) In qualche maniera, c'acchiapperemo. Sei bello tu, sei. Ci vediamo là, là a... all'Arena? Ah no al Viacard... no, neanche là... dove suoniamo, insomma.
- (Gino) Il Viacard... il Vicar! Ma noi non suoniamo al Vicar... e quindi allora è più lontano del Vicar Street? O pure questo, cazzo ne so?
- (Bimba) No, no, lo so, questo, è... non è lontano. Non tanto. Passato **Liberties**, la stazione per Galway e per le scogliere, per la costa atlantica insomma, e passata pure la Guinness. A proposito, ma tu lo sai che quello, Guinness, Arthur Guinness, mi pare, nel 1759 il terreno per costruirci la fabbrica se lo fittò per 9000 anni a 45 sterline l'anno? E chiamalo fesso... proprio come i fitti delle case adesso, che sono più alti degli stipendi, e i

giovani sono costretti a condividere locali da quaranta metri quadri, o a comprarseli col mutuo così belli e sgarrupati come sono... eccheccazzo!

- (Gino) *Neh, ma si può sapere come le sai, tu, tutte 'ste cose?*
- (Bimba) *Gino, è 'na storia lunga. Ci ho lavorato, qua, pure qua, proprio. E tu non hai mangiato un cazzo, io vado, ti dispiace?* (affonda la forchetta nel piatto di Gino)
- (Gino) *Vai. Ma... scusa... tu lavoravi qua e... e le comande come le prendevi?*
- (Bimba) *Eh, come le prendevo! I clienti ordinano giù al banco, scemo! Dietro a quelle vetrine dove sfornano e tengono tutto... tu come hai fatto? Hai indicato col dito quello che volevi* (posa forchetta e coltello nel piatto chiazzato e luccicante di grasso e maionese, e alza e allunga il dito indice della destra, che è impiastricciato e incrostato anche quello, e lei se ne accorge e se lo lecca), *e sei salito con un bigliettino in mano sul quale c'era scritto il tuo numero di tavolo. Poi alle cameriere hanno dato il tuo piatto e il tuo numero, e quelle te lo hanno portato qua sopra al primo piano. Perfect job for us*

hearing impaired, no? (spellizzato con le dita nuovamente mezze impastate di grasso e sale a causa dei posa e prendi posate inguacchiose e dei precedenti ripetuti risucchi, e subito dopo riprende le posate ora viscide anche di maionese fino ai manici) *E poi, cazzo chiedi, tu che ci senti poco e niente eppure suoni la chitarra in un gruppo? Come cazzo fai, tu?* (nuova leccata e succhiata di dita)

 - *(Gino) Ma io, la musica la sento, sento le vibr...*
 - *(Bimba) Ah aha ah ah ah Gino, ma fammi il piacere, che sei proprio una sagoma! Le vibrazioni, sente le vibrazioni, lui... cazzo, ma veramente gli altri dove stanno, a saperlo... troppo buono 'sto pesce, non sai che ti perdi!*
 - *(Gino) Bi', ma tu... veramente, ma come ti senti, tu, qua?*
 - *(Bimba) E come mi devo sentì... sto qua, sto mangiando, e sto bene, no?*
 - *(Gino) E poi?*
 - *(Bimba) E poi... che succede, succede, e non eri rocchenròll tu? E allora? Non siamo... Eartherranei, no? E allora?*

- *(Gino)* E allora... io c'ho paura, Bimba. Questi c'asfaltano.
- *(Bimba)* Ahhhh... e io asfalto a loro! Ma allora non l'hai viste le scarpette che c'ho? Queste fanno male, oh!

Bimba alza la gamba da sotto al tavolo per mostrare gli stivalacci a punta, e già che c'è si pulisce i palmi delle mani sulla gonna. Gino finisce la Smithwick's e si alzano, vassoi sporchi in mano: è ora di andare.

Poco più giù, giusto a una manciata di passi dallo Spire, all'incrocio pedonale di O'Connell con **Henry Street** ed **Earl Street North**, finte e sfiorite **fioraie** ipertruccate, con le loro lunghe gonne a campana e i fazzolettoni in testa, leggono la mano ai passanti polli sui loro banchetti improvvisati di fianco ai banchi veri di frutta e verdura. Bimba e Gino, appena usciti da Beshoff diretti a sud, ci passano in mezzo, a due o tre di queste scialbe ***fortune tellers***, che mentre Gino le guarda, distolgono lo sguardo.

- *Visto Bi'? Non mi vogliono come cliente...* ride chioccio e a gesti Gino. Bimba invece non ride, fissa i ragazzi all'angolo, con le loro chitarre lucenti, le loro vociuzze modulate e sgargianti, e gesticola a sua volta:

- *Ma vaffanculo, va'. Ce la posso fare pure da sola. Ah scusa Gi', volevo dire ce la possiamo fare... pure da soli io e te, senza bisogno di quei tre stronzi. Due che parlano, parlano, parlano sempre, si credono uno meglio dell'altro, e però intanto dicono tutti e due le stesse uguali stronzate, e un altro che mortacci sua non l'ho praticamente mai sentito spiaccicare una parola, fa quasi paura a pensarci. Che poi, quei due mi vengono pure dietro.*

Ma quest'ultima cosa la pensa soltanto, non la gesticola a Gino.

BBQ

Il fumo biancastro e acre che sale dalla piastra incandescente inonda la sala oscurando la vista delle mille vaschette di imprevedibili spezie, verdure e carni spezzate a piccoli tranci, mentre due eroi stazionano seduti nel mezzo del caos aromatico, giusto a pochi metri dalla postazione del cuoco nerboruto che rimesta incessantemente il tutto con la sua spatola sfrigolatrice. Sono le regole del **Mongolian Barbeque**, 7 di Anglesea Street, Temple Bar, Dublin 2: mangi quello che vuoi, paghi un tot, fai tu gli abbinamenti e glieli porti da abbrustolire già nella tua scodella. Salvo spesso sentirti dire che invece ci vuole quella salsa o quell'altra, se no non viene bene. Ti consiglia, davvero... regole misteriose della cucina centroasiatica.

A Polo e a M'sieu piace proprio così. Appollaiati in mezzo agli sbuffi di fumo del grill a vuotare scodelle di cibo bollente una dietro l'altra in preda alla fame chimica, non si sentirebbero più a loro agio altrove, in un posto, diciamo così, più strutturato. Per giunta, lì possono snocciolarsi a vicenda le loro consuete perle di saggezza senza troppe conseguenze o effetti collaterali. E infatti, ha subito incominciato Polo:

- La vuoi sapere una cosa?
- Dimmi.

Bofonchia l'altro a boccaccia piena.

- Quando ero piccolo, i bambini del rione accanto ci perseguitavano. Ma soprattutto ci perseguitava la loro leggenda. Eravamo davvero convinti che fossero più forti di noi. Dunque, meglio evitare lo scontro: questo era quello che tutti noi pensavamo. Peccato che loro – i nostri vicini cattivi – non fossero della stessa nostra opinione (pausa, e giù di bacchette a beccare bocconcini arrosto). E infatti: una volta scendo sotto al portone... e non vedo nessuno. I miei amichetti si erano nascosti in quello di fronte, perché – mi spiegarono in preda al panico – erano venuti quelli a tormentarli: e sarebbero tornati presto. Mi offersi di fare da mediatore. Accettarono. Non avevo molta idea di cosa ci aspettasse, né di cosa avrei detto o fatto: avevo accettato così, per vanità, per spirito di servizio, vattelappesca, per tutte e due le cose. E me ne pentii presto, quando dopo poco tornarono. Per intimare a noi altri rintanati nel portone, con me a fargli da pavido ambasciatore: voi cosa dite, pace o guerra? E noi, ovvio: pace! Ma loro invece, perfidi: e noi diciamo guerra!

Grugnito di M'sieu a bocca piena, unico suo segno di attenzione.

- E lo vuoi sapere, come andò a finire?

Altro eloquente grugnito e rimestar di bacchette.

- Andò a finire che la nostra diplomazia prevalse. Ma fino a un certo punto. Perché frattanto alcuni fricchettoni di passaggio ci avevano suggerito, in linea con lo spirito giovanile del tempo – lo spirito dei Settanta, voglio dire – di formare un'unica banda, invece di combatterci (su e giù di bacchette in bocca, cibo che crolla e ricrolla sia in scodella che fuori sul tavolo in formica, nel corso di tutta la prossima frase). Non ce la sentimmo: devi capire. Del resto, erano loro, i figli dei fiori: e noi, noi non eravamo né abbastanza grandi da essere hippies come loro, né abbastanza piccoli da essere loro figli. Eravamo, come si dice, nati nel momento sbagliato. Capisci ora cosa voglio dire?

- No.

- Ah, no? Voglio dire che... non lo so se quei due ce la contano giusta, ecco.

Sempre a gesticolare, sempre a sbracciarsi... e noi?

- Beh, io un'idea ce l'avrei.

Si rianima improvvisamente M'sieu.

- Spacchiamo tutto mentre suoniamo, o al limite subito dopo.

- Ah, ma che bella idea originale! Ma che gran testa di cazzo che sei: li conosci, gli Who?

- No.

- Oddio, e questo suona con me... sei proprio un negro di paese: queste idee fuori moda da decenni, solamente al paese tuo in Africa le potete prendere in considerazione.

- A me pare che anche tu venga da un paese fuori moda, e parecchio. O mi sbaglio, Robin Hood?

Polo getta qualche lampo dagli occhi, ma si riprende e continua:

- E che dobbiamo fare, allora?

- Dobbiamo aspettare qua. Arriveranno loro da noi.

- Sì, ma qua dove? Qua al Mongolian? Cioè qua io mi sto stufando di fare sauna, aerosol e suffumigi di carne alla piastra... e adesso?

- E adesso... aspettiamo.

- Aspettiamo? Ma vaffanculo, va'!

Polo cincischia con le bacchette nella scodellina di plastica mezza vuota, e butta giù un altro gomitolo di noodles bruciacchiati. E M'sieu torna a insistere:

- Scusa, ma non è meglio se invece rompiamo tutto come... come... come quelli?

pensiero prigioniero # 2: (il piccolo) Lord

HIDE & SEEK

A poche centinaia di metri di distanza dalla coppia del secolo, incastrato nell'unico, minuscolo tavolinetto del **Subway** nell'Arcade del **General Post Office** in Henry Street (sì, sì, quello della rivolta di Pasqua 1916), un Lord come al solito perso tra i suoi soliti pensieri cupi sta sbafando di malumore, sotto l'occhio mansueto e vigile del titolare pakistano, un paio di panini a piacere, farciti di mirabilia prelevate dai miniscomparti ai suoi rapidi cenni: spuntini che si è fatti confezionare ripieni quanto basta da colargli drammaticamente agli angoli della bocca, sulla barba e sulle dita, dribblando a dovere la carta oleata. La sedia è piccola e scomoda, la luce giallognola, le pareti marrone: l'unica cosa colorata in giro – a parte le salsette nelle vasche, nei panini, in bocca, in faccia e sulle mani – è il distributore di bibite nell'angolo, e quasi quasi pure quello riesce a inquietarlo, azzeccato come sta al tavolino e a Lord. Ma, a parte la qualità indiscutibile, e il rapporto qualità-prezzo vincente, è un posto mezzo vuoto, almeno a quest'ora, alla faccia del passeggio e del passaggio e dello shopping nel cui mezzo si ritrova, e perciò tanto basta per averlo scelto. Perché a Lord piace poco parlare, anzi no, non esattamente: gli piace poco parlare con gli altri, ma con se stesso ama fare lunghe, lunghissime conversazioni. Tanto più ora che la bottigliozza del whiskey comprato in tarda mattinata da Jameson non può tirarla fuori dall'impermeabile: il musulmano s'incazzerebbe davvero, per motivi sia commerciali che religiosi.

"Hai avuto un'educazione rigorosa? Si vede..."

Ma certo che si vede. Si vede pure quanto sei stronz@ tu, che una educazione rigorosa da combattere, aggirare, superare, elaborare, introiettare e interiorizzare non ce l'hai mai avuta. E la sai una cosa? Non ti invidio. Perché delle cose facili non si conosce il valore. E tu non sei meglio di me, è questa la brutta notizia, e no che non sei meglio di me, per quanto tu possa illudertene. Tu non sei un'unghia di quello che sono io, di quello che sono diventato io sotto ai pugni. E vaffanculo te e la tua educazione soft, scommetto che da ragazzin@ eri una scorreggina isterica e vanesia, un po' come l'ometto/donnetta trendy e più o meno inutile che sei diventat@ e sei adesso.

"*Vuoi stare sempre al centro dell'attenzione.*"

Claro que sì. Mi pare fin troppo normale, mi pare.

Tu invece che pretendi la mia, di attenzione, il mio, di rispetto, senza darmene in cambio, ma chi ti credi di essere? Non sei interessante, no, sei solo odios@, come il peso che ti opprime e che vorresti scaricarmi addosso. È proprio per questo che non farò mai quello che vuoi. No. Anche a costo di perdere anni girandoci intorno. È quello che ti meriti, e quello avrai: né di più, né di meno.

"Il tuo è un approccio individualista, che però può evolvere."

See. Stai fresco. Di questo passo, l'unica evoluzione che vedrai sarà il calcione in culo che ti tirerò. Avresti dovuto pensarci prima, a chiedermi questo e quello, senza cortesemente ribadirmi che non c'è niente che io possa cambiare. Avresti dovuto quantomeno non farmelo notare, che puoi comunque fare del tutto a meno di me. E così adesso sono cazzi tuoi: hai voluto tenermi fuori, e fuori rimango. E lavoro contro di te, ovviamente. Confessandoti anche che non so se poi saresti entrato neanche, in realtà non mi piacevi proprio da prima, in effetti non mi sei mai piaciut@.

Ad azione corrisponde reazione.

A repressione corrisponde rivoluzione.

Così, se tu dici: "tu devi", io obbedirò, ma attent@! Non durerà per molto.

Prima o poi farò esattamente il contrario, lo sai, vero?

E questo spiega molte cose, molte più di quante tu immagini; anche se non mi piace esserne consapevole. Ma tant'è, ci sono sbagli a cui non si può rimediare, tanto vale accettarli e farne tesoro. Anche tu, certo: ma dubito che lo farai. Perciò, per il momento, lasciami respirare: poi mi occuperò di te, se ne varrà la pena. Perché alla fine sei solo un'altra delle mille faccende che, guardate oggi da un altro angolo, appaiono molto meno importanti di quel che sembravano un tempo, e forse allora è proprio questa la strada. Siamo tutti soli con le nostre personali sconfitte e ultime battaglie, tanto vale prenderne atto una volta per tutte. Per essere migliori? Per diventare migliori? Può essere, sarebbe bello... ma non è detto che succeda.

E tanto, la verità, quella tu non la saprai mai.
Perché fanno o dicono o diciamo o facciamo certe cose o certaltre.
Una motivazione di facciata, quella sì, saranno e saremo sempre pronti a dartela, ma le nostre vere ragioni, quelle che realmente ci spingono ad agire, no, quelle non te le diranno e non te le diremo.

Forse perché ce ne vergogniamo persino noi in noi stessi, più probabilmente perché non ti ritengono e non ti riteniamo all'altezza di capirle, tu che di ragioni hai le tue, egualmente squallide.

E allora? E allora... nessuna tranquillità, nessun assertivo equilibrio, solo nervi e sangue e veleno: quello che avete fatto a me, farò a voi, e non m'importa che non sappiate quel che mi stavate facendo allora. Io lo so, ora, e tanto mi basta.

Dei vostri errori, dei tanti che avete fatto, farò la mia bandiera di recriminazione; e sulle vostre, di recriminazioni, costruirò la mia autostima di ribelle.

Mi volevate diverso? Eccomi. Sono qui che vi rispedisco al mittente tutte le vostre lagne e ricatti, articolandone di nuovi e di miei, al confronto dei quali i vostri quasi sempre sfigurano.

Perché l'avaro all'inizio non ero io.
Erano loro ad esserlo.
Più avevano, più spilorci tendevano ad essere.
E, cosa strana, dovevi esserlo anche tu.
Perché eri dei loro.
Si chiama "educazione".

Avari nella tasca, nelle emozioni, nei sentimenti.

Prendere, prendere, prendere, prendere, senza dare mai nulla in cambio.

Promettere, qualche volta, sì: ma poca roba.

Dare solo a chi è più ricco, nella ovvia banale speranza di ricevere qualche briciola; che non arriverà, perché lui è come te.

Anzi, meglio di te.

E quindi, più tirchio di te.

Soffocare la nausea, indurre la nausea. Nauseati nauseare.

Sfruttare chi ripone in noi aspettative, riporle in chi a sua volta ci sfrutta. Non fa una grinza. Una macchina ben oliata con l'egoismo sociale come carburante.

È così che dovevi diventare, e sei diventato. Un ingranaggio di quella macchina. Decoro rispetto pazienza solidarietà (a parole). Bile (nascosta).

Benvenuto nel club. C'è un sacco di gente interessante, non te lo immaginavi, vero? Basta avere le conoscenze giuste, e... forza, datti una mossa, non perdere tempo con quelli inutili, vedi invece piuttosto di servirtene per quanto puoi. Non è questo che ti ho insegnato?

Perché essere buoni va bene, certo, sì, ma non troppo.

Anzi no: meglio niente.

E allora: repetita iuvant.

E quindi, giusto per ribadire di nuovo il concetto, ogni volta che qualcuno di voi mi chiede compassionevole: "Hai ricevuto una educazione molto rigida, vero?" io con calma rispondo "Sì, ma perché me lo chiedi?".

E lui/lei, immancabilmente: "Perché si vede". E io, alzando un tantinello i toni: "Certo, immagino sia del tutto evidente, visto che ogni due per tre si alza qualche stronzo/debosciato/rammollito/zoccola a farmelo notare. Senza offesa, eh, niente di personale".

Pensano davvero di essere migliori di me. Di me che sulla mia pelle ho superato prove che loro hanno soltanto viste in quelle loro stupide fiction, e manco le hanno capite.

Come vorrei essere altrove.

Ho sempre desiderato esserlo.

Del resto, altra via di scampo non c'era.

E adesso che – forse – finalmente ci sono arrivato, se ne vengono loro, con quella loro insulsa prosopopea. Non sarebbero sopravvissuti due minuti, al mio posto, e adesso parlano pure.

Come fare, a dargli le chiavi del mio palazzo magico della memoria, fintanto che non riescono neppure ad immaginarne la stessa esistenza?

Tra un boccone snervato e l'altro, Lord ci va ripensando. Che cosa ha detto l'**indovino**? Quello in fondo alle scalette degli ammezzati di **North Denmark**, sotto alla ringhiera mezza arrugginita con l'insegna delle carte da gioco, e le immancabili **bottigliazze di birra vuote** all'angolo, gettate da su dai barboni e dagli abbirrazzati di passaggio. Come ha detto?

L'ha fatto accomodare in un salottino stile indiano con le lampade di cuoio e gli incensi. Come ha detto? Venti euro. E lo ha detto perché il cliente era italiano. E perché, se no?

Ha detto: tu vivrai la fine della tua vita in un posto molto caldo. Venti euro. E Lord s'è messo a ridere. Rideva perché aveva pensato alla **Spagna**, alla **Grecia**, al **Brasile**, e poi s'é messo a ridere di nuovo. 20 euro. Perché lui da quei posti lì c'è già venuto via da più di vent'anni, cazzo ci torna a fare, a morire? Venti euro. Ha visto l'italiano, e ha fatto questa bella pensata. Venti e... e due. È la seconda volta che 'sto ragazzetto coi **capellucci rossi** rossi e gli **occhietti verdi** verdi entra zitto zitto, lo tocca veloce sulla spalla, e poi se ne scappa. Per riunirsi agli altri due che lo stanno aspettando fuori, e sbirciare da dietro la porta. O forse no, allora: non era lo stesso, era un altro, rosso, piccolo, verde e lentigginoso come il primo. E quando viene il terzo, Lord capisce. È una prova di coraggio. Come quelle degli indiani d'America. Tocca il nemico e scappa, se ce la fai. Perché per fare questo devi essere molto più abile che a ucciderlo, e per un semplice motivo: se no ti acchiappa. Sì sì: è una sfida all'onore indiano. Cazzo di irlandesi. Nobili e coraggiosi allo spasimo. Come quei selvaggi **Mandan** di inizio

Ottocento ignari di progresso e civiltà. Inconsapevoli che i nemici bianchi fossero così tanti, pronti a dare del pazzo al membro della loro tribù che, deportato dai bianchi, aveva visto le grandi città dell'Est ed era tornato a raccontarlo. Non potevano esistere tanti bianchi, città tanto grandi. E così adesso il nemico era lui. Il fratello rosso impazzito. Ah però. Lui. Il mostro, il nemico. Venti euro. Un posto caldo. Per morire lì. Venti euro. I Mandan. Un buon giorno per morire, insomma. E infatti, la vede. Sta là, è sempre stata là, appiccicata sul muro di fianco al distributore, vicina ad altre carte scolorite appese. La locandina del loro concerto di stasera al Dub-lin, in sostituzione della data della reunion dei **Genesis** alla **3Arena**. Cazzo, ancora non ci crede. E questo è niente... la faccenda più dura sarà convincere il pubblico che ha comprato e pagato per **Phil e Mike e Tony**, in era precovid, più di tre anni fa. E non se la caveranno di certo raccontando al microfono che hanno **Abacab** in repertorio... no, no, proprio meglio di no, meglio evitare di suonarla, piace tanto alla Bimba ma bisognerà convincerla, convincerli tutti che questa gente potrebbe incazzarsi ancora di più. Finanche a **Peter Hammill** non è andata proprio liscia, quando si è presentato con i **VdGG**, dopo anni di attesa, a cantare **De André** e **Tenco** e **Ciampi** e **Piazzolla** (??!?) ai suoi fans italiani. Ed era Peter Hammill in Italia dove lo adorano. Figuriamoci gli **EARTHERRANEAN** in trasferta.

INTERVALLO

Do you remember anyone here?

No you don't remember anything at all

There's a party in my mind... and I hope it never stops

There's a party up there all the time... they'll party till they drop

Take a walk through the land of shadows
Take a walk through the peaceful meadows
Try not to look so disappointed
It isn't what you hoped for, is it?

Everything is very quiet
Everyone has gone to sleep
I'm wide awake on memories
These memories can't wait

David Byrne, Memories can't wait

Got to get some food
I'm hungry all the time
And I don't know how to stop
I don't know how to stop

Got to get some sleep
I'm so nervous in the night
And I don't know how to stop
I don't know how to stop

Peter Gabriel, *No self control*

PATAPHYSICAL INTRODUCTION

Dài, facciamo come in quelle serie tv dove si salta di continuo in avanti e all'indietro e chi ci capisce è bravo, e tutti si esaltano: rischiatuttiamo di nuovo alla gran serata al Dub-lin. Dove, per quel poco che si è letto e capito, la notte è appena incominciata, anche se molti sono già partiti o in trance, sul palco e sotto.

Nei disastrati, pompati circuiti neurali di questo pubblico sui gene/sis, l'infinitamente piccolo va a comporre l'infinitamente grande, e il risultato è una grande danza tribale collettiva, un rito officiato dai loro assenti spiriti guida, un incantesimo per calmare e dominare il mondo. Sempre che riesca. Perché se invece non riesce, di certo qualcuno ci rimetterà le penne, come no, e molti in sala sarebbero pronti a giurare anche chi, se qualcuno glielo chiedesse.

Quelle tre ragazzotte ubriacotte che ondeggiano al bar, per esempio. Quello lì stravaccato per terra fatto come una scimmia appena passato l'ingresso. Quei due che adesso stanno facendo sesso nello spazio buio tra un wc chimico e l'altro. Quello sfigatino pulitino con tutti gli album in vinile sottobraccio per farseli autografare; se ce la fa, pensa lui. Gli album dei Genesis: forse non ha ancora capito bene dove si trova. Ma intanto, a spoilerare la scaletta della serata al vicino ce l'ha fatta di sicuro, mannaggia a lui e meno male che per una volta gli eventi lo hanno reso inoffensivo. Insomma, uno di questi, o due, o che so, sei; o altri. Che potrebbero morire da soli, o anche in una megarissa collettiva. Del resto, chi può dare ordini al destino? Mica sono comari, la sorte e la malasorte. E il Caso, il Fato, o chi è, ti dirà, sempre se glielo chiedi, che mica può fare tutto da solo, no? E infatti, giusto così per capirci, chi è che s'è andato a comprare quel biglietto milionario oltre ogni decenza e logica? Chi è che se l'è fatto verificare e confermare in estenuanti sessioni on line dopo la pandemia? Io... o tu? Io ti avevo concesso una bella e lunga dilazione dal tuo destino, e tu allora perché sei tornato a sfidarmi? Forse, chissà, il superbiglietto lo hai comprato ingenuamente dopo, ma... io poi ti ho cancellato il motivo della tua stessa presenza, e allora perché vieni uguale? E allora lo vedi che sei proprio tu, a volerti ficcare in questo gran casino? E adesso è tardi. Perciò, chiamami Caos... io sono pronto a incominciare. Io sono il Drago, questo già lo sai... ma i mostri – pubblico, e manager, e artisti, e pseudoartisti – i veri mostri, quelli siete voi: e ben vi sta.

Anche qui sul palco tira aria di pronti a incominciare, mentre la Bimba si alza e si sistema gli stivaloni. Non starebbe male con ai piedini qualcosa di più etnosexy, ma quelli sono più di un accessorio: sono un'arma. Utile nel pogo, se serve. E come bilanciere per qualche bella sgambata. Perché sai com'è, quando la musica ti porta, insieme al peso del tuo stivalazzo a punta rinforzata, poi magari vai ad atterrare dritta sul musetto di qualche stronzo. E lui non lo sa perché: ma Bimba sì. Ce l'hanno sempre, qualcosa da farsi perdonare, i suoi cari fans maschietti. Chissà, forse a qualcuno di loro è recentemente scappata la mano con qualche sbarba che temporaneamente non avrà potuto o saputo difendersi... vedrai che sicuramente è così: e allora tranquille, belle, ché per quello c'è la Bimba Elettrica. A pestargli il grugno. A fargli passare la voglia. Fa scintille, la Bimba, si sa. A proposito, signor Caos – si ritrova a pensare Bimba – un'altra delle opzioni previste è che qualcuno di questi lo mettiamo ko direttamente noi da quassù, vero? Ma certo, come no, se qualcosa deve succedere qualcuno dovrà pur farla succedere. E allora, via allo show! Col permesso e il patrocinio di Mister Caos. Licenza di... tutto. In nome di niente.

Lo sa Bimba, lo sanno tutti, e adesso lo sai anche tu. Tu che spesso e volentieri ti sballi e poi corri in macchina con la musica a palla e non capisci una mazza neanche di quello che credi di volere in quel momento. Mister Caos lo sa. Io lo so. Cosa vuoi. Vuoi che... potresti morire tu, lo sai, vero? Ecco. Lo vedi che lo sai cosa vuoi. E se ci va qualcun altro di mezzo, pazienza. Magari avrà avuto i tuoi stessi gusti.

Volevi cambiare il mondo. Eccoti una bella occasione di distruggerlo. Per quanto puoi, per quello che puoi. Prima di uscire di scena tu. E la musica... la musica c'è finché c'è. Forse, se non ci fosse, ci sarebbe qualcos'altro al suo posto. Ma intanto, è bello che ci sia, finché dura. Ti aiuta bene a riempire il tuo niente, è lì a consigliarti il giusto veleno e le giuste mosse, così brava e puntuale e preziosa che se non ci fosse bisognerebbe inventartela. Per quello, te la gestisci così bene a tuo stile e misura. Ma quale che sia, l'effetto non cambia, fino al gran finale, e lo sai qual è il bello? Che non lo sai mai, quando arriva, né quando arriva per te... oggi spettatore, domani pure, poi performer, e infine un bel giorno, all'improvviso, protagonista. Della tua scena madre: l'ultima, della quale difficilmente riuscirai a prenderti tutti gli applausi. Ma in fondo, anche questo si sa, che la vita è fatta di cose che accadono mentre ne progetti altre... e la morte, invece?

Pensaci. Sì, lo so che ci hai già pensato. Devo andare ora. Ti lascio alla musica. Buon concerto. Vedrai. Ti divertirai da morire.

POSTPANDEMIC MUSIC

E così, alla fine è questo, quello che è successo: che fra annullamenti, rinvii, rimborsi, mancati rimborsi, e nuovi annullamenti e rinvii, ormai sono rimasti in pochi, a capirci qualcosa.

Chi ha il biglietto in mano ormai da anni non sa quasi più cosa farsene; e chi deve suonare ormai non sa quasi più dove e quando: sempre che siano rimasti gli stessi, quelli che devono suonare, perché sai com'è, tra nuovi progetti e impegni se ci sono, scazzi vecchi e nuovi ché quelli ci sono sempre, e per ciliegina sulla torta mettici pure la Grande Mietitrice ché quella prima o poi arriva per qualcuno pure a date ferme, e di questi tempi, poi, è di casa.

E quindi si capisce come chi dovrebbe riorganizzare, disfare e rifare e ridisfare e rifare ancora, perda ogni volta sempre di più la voglia. E così, sono incominciati questi famigerati concerti random: hai pagato? Vieni a vedere questi altri... Tanto, non te lo ricordi neanche più, quanto avevi pagato, e per quando e per chi... soldi indietro sarebbe pure difficile dartene, devi capire. Invece ti vieni a vedere, a sentire un'altra cosa, una che magari non la conoscevi, e poi può essere pure che dopo ti piace, ma non ti sembra una buona idea?

E di sicuro una buona idea può in teoria sembrare a tante band del piffero ingaggiate sottopaga per sostituire rock star decotte, svogliate, sparite o estinte. Molto meno al pubblico inferocito, che si deve sorbire a titolo di risarcimento tutti questi dilettanti allo sbaraglio. Di 'sti casini ne sono già successi praticamente ovunque; ma si sa, *money talk,* e quindi, una volta usciti di tasca, si sa pure che non ci ritorneranno, perciò tanto vale rassegnarsi; e volendo, spassarsela a rompere tutto senza troppi rischi. Per il pubblico guastatore, s'intende. Ma per gli artisti di rincalzo la faccenda invece è tutt'altra.

Pensa che, nello squagliasquaglia generale di band da strapazzo strapazzate e spaesate già subito al primo impegno, è successo perfino agli Eartherranean, di essere chiamati di fretta e furia dall'Italia per dare il contentino della storica data di Dublino a chi ancora si ritrova un bel biglietto dello storico *reunion tour* dei Genesis sballottato in avanti nel tempo più e più volte per anni. E ora che finalmente si può, i Genesis forse si sono rotti i coglioni loro, di riunirsi: in realtà nessuno lo sa per certo, anche perché nessuno glielo ha più chiesto. Ma sai com'è, quando, sia pure con un minimo di sbattimento, si possono trovare tante di quelle toppe a buon mercato, perché porsi di nuovo il problema? E così, stavolta al massacro ci vanno gli Eartherranean. Ah però. E no, mica alla 3Arena sul Liffey, dove si sono rotti i coglioni di aspettare pure loro: ah no, al mitico Dub-lin, il nuovissimo megasupertendone di Phoenix Park, quello tirato su apposta in fretta e furia per ricominciare subito tutto in sicurezza, e dove altrimenti?

Un altro problema – ma tranquilli anche questo si risolve – è che il Dub-lin – che non è tecnicamente un edificio ma solo un tendone da circo teoricamente mobile, e parliamoci chiaro per quello solo per quello alla fine ha ricevuto le autorizzazioni postcovid – è omologato solo per mille posti a sedere – millecinquecento calcolando quelli all'impiedi - ma tanto, sempre posto che quelle assurde omologazioni contino davvero qualcosa in piena ripresa postpandemica, e mica ci verranno tutti, i fans dei Genesis di anni prima, e chi se li incula gli Eartherranean, e che diamine, in una maniera ci entreranno o ce li faranno entrare. Il resto, lo faranno la città, il parco, l'atmosfera e soprattutto la band: è la loro grande occasione, no? E che se la giochino bene allora: quale altra chance avrebbe potuto garantire un pubblico migliore alla loro **world music**, l'occasione sembra costruita apposta, in fondo tante tante differenze con la musica di **Peter Gabriel** mica ce ne sono... come dici? Che non ci doveva neppure stare, Peter Gabriel, nella reunion dei Genesis? E vabbè, ma questi sono dettagli, quello che conta è la buona musica, le buone vibrazioni, le buone intenzioni, e mica vorrete proprio voi, cari Eartherranean, dare il cattivo esempio?

In fondo, sarebbe potuta andarvi peggio: avrebbe potuto **piovere**... ah, ecco, già **tuona** all'orizzonte.

DUB-LIN

La 3Arena, lungofiume del River Liffey, sui **Docks**, North Wall Quay, sarebbe stata perfetta, per il giusto casino.

Proprio come la magica città che la circonda: cattiva il giusto, piena di ragazze e ragazzi cattivi ma non troppo. Il giusto.

Voglio dire, il giusto inizio. Come gli **U2** a **Howth** fra settantasette e settantotto, nelle parrocchie e nei centri sociali, e vedi adesso dove sono arrivati. Vacci, a fare colazione al **Clarence**, l'**Hotel** di

Bono, per ventidue euro. Ci hanno dormito Barack e Michelle, altro che chiacchiere. E bravo Bono... tornando a noi e agli Eartherranean, insomma, sulla carta sembrerebbe la maniera ideale di cominciare a sentirsi qualcuno, prima di partire per la vera conquista del mondo.

Ma sì, ma chi se ne frega.
Avrebbero potuto suonare giù a Temple Bar, nell'area dei localetti trendy-no trendy, dei piccoli musei del rock, dei murales, dei freaks tranquilli e alcolici. Ma visto che l'Arena non è più disponibile, e non c'è niente di pronto neanche dalla parti di Temple Bar, passi per la nuova tendostruttura nel parco. Il Dub-lin: palco supernuovo, di grande potenziale, appena montato e già un mito. Finora, ci hanno suonato solo i Dream Theater: un successone, un altro po' e veniva giù tutto, dal gran casotto. Che figata, 'sto tendone a strisce. Perlopiù gialle e verdi, qualcuna anche arancio e azzurra. Una roba al tempo stesso eccentrica e potente. Adattissimo per le scimmie del rock'n'roll. Dico bene, Mr

Caos? E lo so che rock'n'roll non è, ma è la cattiveria, è quella che conta, e quella almeno un po' c'è. Forse ci vorrebbe un po' più di cinismo. Forse... la prossima volta. Ma adesso... *let me introduce you the band.*

INTRODUCING THE BAND

*On the wheels keep turning
spinning round and round
and the house is crumbling
but the stairway stands*

*With no guilt and no shame
no sorrow or blame
whatever it is
we are all the same*

*Making it up
in our secret world
shaking it up
breaking it up
making it up
in our secret world*

Peter Gabriel, Secret world

REWIND

Quanti anni ha la **Bimba**? Bella domanda.

Piccola, è piccola. Piccola di statura, voglio dire: per quello la chiamano Bimba. E il nome vero, nessuno l'ha mai saputo o se lo ricorda.

Però gli stivali, la gonna lunga a balze larghe, le tette piccole, il culacchione e le gambette corte sotto la gonna lunga, gli occhioni verdoni grandi e distanziati tra loro, i capellucci corti corti, l'**orecchino sbrilluccichino**, quelli sì che se li ricordano tutti.

Bimba, e si fermano lì. Come si fermano ipnoincantati tutte le volte che lei, più o meno a metà concerto, sbuca da dietro la batteria, si infila le **bacchette** negli stivali e incomincia a saltiballare sull'antipalco. Una pressione da mille kilokili per un metrino e cinquantacinque scarsi di altezza: non si può certo dire che non ci dia dentro, su quelle punte ferrate, su quei tacchi speronati. E spacca, ah ma spacca di brutto. Spacca così tanto che nessuno se lo pone mai, il problema di che succede alla batteria, di come il ritmo martello faccia ad andare avanti, senza di lei. Io lo so, ma ve lo spiego dopo. Per il momento, posso soltanto dirvi che la batteria della Bimba non ha la grancassa: se l'è montata lei, così, senza cassa e con tre – tre! – **rullanti** per fare il massimo del casino, tipo che quando parte sembra la tamburineria di una banda dixie di New Orleans, con in più il **glockenspiel**. Ah ma a lei piace così, e diciamola tutta, a noi pure.

E insomma, questa è la Bimba. Tante cose dicono di lei, e tutte sottovoce. Che è stata in riformatorio. Perché l'ha violentata il padre, anzi no, il patrigno, anzi no, lo zio. Che poi è sparito. Anzi no, è morto. Che la bimba tiene sempre nascosto addosso un rasoio. Che lo maneggia proprio bene. Che lo tira fuori durante il sesso, te lo punta alla gola e incomincia a ridere. Ma di questi ultimi particolari nessuno può dirsi davvero sicuro perché, di tutti quanti quelli che parlano di lei, con lei nessuno c'ha mai provato. Sai com'è, con tutte quelle cose che si dicono... normale che nessuno ci sia mai arrivato, a quel punto della lama alla gola. Perciò, balla bimba balla, meglio che balli te che balliamo noi, *on your razor's edge*. Fino alla bava verde alla bocca e alle convulsioni, regolarmente scambiate per figata coreografica. Ma anche qui, se non ci arrivi da te o non te l'ho già spiegato...

Ah, **M'sieu**, invece, tutt'altro tipo.

Quelle **ciabatte** lerce di plasticaccia ai piedi se le porta in giro come fossero calzature pregiate da cicisbeo in pelle conciata – capisci cosa voglio dire, no? quelle cucite a mano, con tacco e fibbia

– e se le porta in giro tutto l'anno, con qualunque tempo e temperatura. Sopra le ciabatte, una **djellaba** multicolorarlecchinesca. E ci credo, lui viene dal Ciad. Racconta che è arrivato aggrappato sotto a un camion. Per spuntare subito fresco, pulito e riposato, con la djellaba e la piega dei calzoni di lino ben stirata, pochi minuti dopo esserne sceso. Questo però non si capisce bene se se l'è inventato lui o qualcun altro. Ma che gran cialtrone che è, M'sieu, gli piace atteggiarsi a una specie di 007. Però, a ben pensarci, forse un po' zerozerosette lo è. A giudicare almeno da tutte quelle che si tromba. Ah, nonostante canti di merda come tutti i subsahariani come lui. Ma si sa come va, questi sono i gusti, in fatto di musica intendo, e allora tanto vale assecondarli, perché credimi qui nessuno è invidioso. Un'altra cosa che M'sieu racconta è che in patria faceva il rappresentante di orologi di lusso. Ma forse vuole dire: il ladro di orologi belli. E infatti ogni tanto dice pure di essere un principe. Eh sì, vabbuó, un principe. Il principe dei ladri, magari. E delle spie: in pieno stile afroJames Bond, e chi può dirlo. Sfido, c'ha pure il **Rolex** al polso. I più antipatici, però, dicono che, appena sceso da sotto o da sopra al camion o da quello che era, si rivolgeva con questo m'sieu a tutti, perché era l'unica parola che conosceva: quella che pronunciano sempre con i clienti i fattorini d'albergo, dicono gli antipatici. Che non si vogliono rassegnare ancora al dato di fatto che qui adesso il vero M'sieu è lui, e non più loro. E che di conseguenza le donne vogliano lui e non loro. E allora: loro sfigati antipatici – e razzisti pure, ma sì, anche qui diciamola tutta – e lui irresistibile afrocicisb: e sostituire il barracano con maniconi di pizzo, parrucca bianca arricciata e cipria, poco farebbe la differenza a questo punto. Perché quando lui sor/ride da dietro gli **occhialoni** dalla pesante montatura nera, mostrando i dentoni candidi, tutte le femmine giù, come birille: rassegnatevi, fatevene una ragione, voi non potete competere, cari antipatici che non siete altro. Ah, a proposito, il nome al gruppo l'ha messo lui, ah sì: e alle tante stronzate veteromarxiste che tira fuori di continuo, alterna pure questa che lui è un sacerdote voudoun, e lo dice alla francese, voudoun, l'adorabile cialtrone. Adorable chaltron. E per la cronaca, quello che stringe in mano, sempre quando non frega a Polo una **kora** scordata per farla miagolare fuori tempo, non è mica un bastone juju come dice lui: è il bastone da passeggio di bamboo del vecchio buonanima a cui M'sieu ha fatto da badante, e quando il vecchio è andato lui si è tenuto quel bastone a titolo di liquidazione. Un bastone da vecchio che M'sieu ha agghindato e ornato di lacci di cuoio con tante monetine bucate del paese suo fissate alle estremità, un po' come un gatto a nove code. Insomma, un vero scettro da stregone. E quando lo dice lui, sotto quei labbroni e quella mezza cacaglia camita: Signore e signori, mesdames e messieurs! Ici à vous les...

...EARTHERRANEAN!

...on si può negare che ci faccia un gran figurone. Ma no, mica per come canta: quello per lo più sono sillabe tutte uguali balbettate a gran velocità in qualche suo **dialetto africano occidentale**, o al massimo malriuscite parodie di cavernosi **cori da ghetto sudafricano**. Entrambe soluzioni connotate da vaghi sensi di rivalsa contro i bwana bianchi – ma questo ai suoi candidi amici lo tiene sempre accuratamente nascosto – e da una buona dose di nera faccia di corno. M'sieu fa sempre bella figura perché al di là e al di sopra della musica è proprio il suo stile, quel suo essere stracciontrendy, che è irresistibile. Della serie: come sputtanare alla grande la world music, e parimenti alla grande sfangarla. Come capita con l'arte barocca: hai presente? Sì, quel tripudio di cosce e di culi cellulitici, maniglie dell'amore e pisellini mignon; insomma il porno del Rinascimento, e dimmi che non è così. Perché è tutta una faccenda di moda e tendenze, e in questo M'sieu, il gran cicisbeo nero, è maestro indiscusso.

Gino invece – quello delle chitarre – come già sai è per forza di cose un boccacucita, taciturno al massimo. Diciamola tutta di nuovo: muto come una tomba, e non certo per scelta ma per nascita. E questo si nota, mica come con Bimba: che, per una volta che non te l'ho ripetuto, ora qui nella sua bio, te l'eri già dimenticato, eh? Lo capisci ora cosa vuol dire il carisma? No, no, Gino invece si vede subito, che non parla, e quella risata, sempre diciamola tutta, un po' da scemo non aiuta per niente, anzi, si vede ancora di più, che non parla. Poco male: parlano loro, le chitarre, per lui. Quella che imbraccia ultimamente più spesso – una di quelle **smorfiose semiacustiche Ibanez con le effe decorative intagliate nella cassa armonica** – è sempre accordatissima perché lui ci tiene troppo, all'accordatura e al decoro, ma anche se fosse scordata quasi nessuno se ne accorgerebbe, preso com'è, Gino, a cavalcare incerto e creativo il feedback che gli sparano gli **ampli**; è una cosa questa che, complice anche l'ipoacusia da lunga pratica indotta che gli alza la soglia di tolleranza, lo fa sentire potente, si capisce da quella mezza smorfia accennata a lato dello **spinello** in bocca, quando il casino è al massimo. Perché se M'sieu è il pagliaccio del loro sgrauso **etnobeat** - e giustamente lo è, e chi altri se no? – Gino di quello sgrauso etnobeat è indiscutibilmente il cervello. Il cervello, adesso. Le mani e il cuore, dài, meglio. E no che non te lo aspetteresti mai, da uno così anonimo, un via alle danze di quella potenza. Sarà la **devil's grass** sempre in **canna** –

dentro alla canna, *of course* – che gli dà benzina. O la bottiglia di **birra** appena svuotata che, quella pure con calcolo e perizia, usa sapientemente come **slide**. Come dici? Qualche **pilloletta**? Può essere... ma anche qui: non chiedere, non domandare, non mettere, non levare. Tanto neppure ti risponderebbe. E di certo non ti risponderebbero neppure i suoi compari: a parte chiaramente Bimba, quelli non si ricordano neppure quasi che faccia abbia sotto al berretto, tanto è insignificante e anonimo. Talmente anonimo oltre la musica che, se tu lo chiedessi a loro, finanche in uno dei loro momenti di rara lucidità ti risponderebbero: Gino chi?

Chi invece non è per niente un tipo qualunque è **Lord**. Tanto per cominciare: Lord è vecchio. Nel senso **beat** del termine. Che più o meno vuol dire un maturo **capellone** con la **coda di cavallo** e il **barbone bianchi** e improbabili *mise* hippy tipo **ponchos**, spolverini, impermeabilacci, orecchini, **salopette** o bermuda quando non salopette bermuda, **corpetti, gilet di renna**, scarpe alte da basket. Tutto quell'armamentario lì, insomma. E poi Lord ha viaggiato – quando ancora si poteva viaggiare senza trovare tutto tragicamente uguale a casa, stronzi che non sono altro – e questo lo rende, come tutti i vecchi che hanno viaggiato e tu invece no, un filosofreakkerrompicoglioni fatto e finito. Più fatto che finito, ovvio. Perché Lord, ai tempi suoi di quando era giovane, ha viaggiato per provare tutte le droghe possibili. Sì. Pure quelle più strane e introvabili. Una volta, in **Costa Rica**, si era messo in fila in piazza per leccare il dorso di un **rospo allucinogeno**. Ma quando finalmente arrivò il suo turno, i rospi erano finiti, e così se n'era andato in giro a leccarsi, con poca soddisfazione, il primo rospo comune che era riuscito a recuperare in giro. E naturalmente si era sentito di merda; ma tanto, faceva lo stesso. Con la **genziana tibetana**, in **Assam**, peggio ancora: retrogusto di cacca, e sballava poco. Ma alla fine **mezza Asia** ha quel saporaccio di fondo, i vecchi viaggiatori questo lo sanno, e alla fine l'aroma non gli dispiace neppure. Sulle Ande invece, nell'**Amazzonia colombiana**, gli indios lo prendevano per il culo come già avevano fatto con **Carlos Castaneda**, dandogli da bere prima osceni placebo, e poi di colpo la **roba buona**. Risultato: aveva visto la luna verde – cosa a suo dire notevole – ma poi si era dimenticato di come si chiamava. Eh, proprio così. E siccome non riusciva proprio più a ricordarselo, quelli, i nativi colombiani, prima se l'erano portato in lettiga fino a **Leticia**, e poi di là l'avevano caricato su un aereo piccolo; dopo di che, se l'era cavata in qualche maniera da solo a salire su vari aerei grandi ed era riuscito a tornare finalmente **a casa in Italia** – che stranamente almeno quella un pochino se lo ricordava più o meno dov'era – dopo un peregrinare in giro per il mondo durato anni. Ma poco dopo arrivato, una volta constatato che parenti e amici in diverse città e paesini o erano morti, o si erano trasferiti o si erano fatti comunque negare per non doverlo mandare personalmente affanculo con gli interessi; una volta appurato che la rivoluzione non era né sarebbe scoppiata; e visto che a quel punto ormai non c'era rimasto più nessuno a ricordargli l'uomo di merda che era stato e che era, si era velocemente convinto di essere diventato un uomo diverso. E così si era venduto a un vero intenditore un bel flacone di estratto di **veleno supersballante di scorpione reale del deserto** miracolosamente sfuggito ai tanti controlli aeroportuali – probabilmente perché nessuna polizia né caneria mondiale avrebbe saputo dire che cazzo di droga fosse – ed era entrato in un negozio di strumenti musicali vintage, dove col ricavato dello spaccio si era preso un **vecchio organaccio Hammond modello C3**, sfondato e malconcio, ma quasi funzionante. E soprattutto, completo di **ampli Leslie Speaker 147**: che cosa si può desiderare di più dalla vita? E a quel punto, visto che adesso era un uomo diverso e nuovo, si era dato pure un nome diverso e nuovo: Lord, come **Jon Lord** dei **Deep Purple**. Perché quelli lì fortunatamente ancora se li ricordava, buon per lui. E sempre a proposito: è Lord che va dietro alla batteria quando Bimba salta avanti sul palco. E l'Hammond? Come fa con l'Hammond? Niente, infila tra i tasti due o tre coltelli da cucina, come **Keith Emerson**, e regolare, il bordello va avanti.

Ne manca uno, giusto? Il più impegnativo di tutti: **il polistrumentista**. Quello che non si sa mai cosa tirerà fuori, tutte robe strane ma vuoi mettere. Tanto dopo dieci minuti lo mette via, lo strumento misterioso, e vai con un altro che neanche quello si capisce cos'è. Ma appunto, ma bene così, per dire: ma che strumento è? E quello di prima? E quello di dopo? M'sieu non ci prova neppure più, a elencarli al pubblico: quando lo presenta, dice sbrigativamente: tuttisdrumendi, e via. Tanto, sono quasi tutti mediamente insuonabili, e poi chi più chi meno puzzano tutti. Non lo sottovalutare, perciò, il fatto che lui riesca sempre in qualche modo a suonarli comunque, per giunta senza vomitare o svenire dalla puzza (vedi Asia, ne abbiamo già parlato). Ma intanto, come si chiama, il polistrumentista? Non lo ha mai detto, né loro glielo hanno mai chiesto: ma intanto mette sempre quelle **polo** da bravo ragazzetto sotto ai **maglioncini attillati a vu** – eh sì, con tutti quei polistrumentacci etnici sempre tra le mani, sull'abbigliamento c'è ancora parecchio da lavorare – e fu così lo battezzarono **Polo**, e problema chiuso. Sottovalutando anche loro il fatto che Polo – proprio grazie a tutta quella etnostrumentaglia e in barba alle polo, ai pantaloni buoni col risvolto, le pinces e le tasche tagliate in obliquo, agli scolli a vu, agli **stivaletti a tronchetto** con la cerniera e a quella pettinatura classic vintage con la **riga a lato** e le **orecchie coperte** dal coppolino di capellucci – dell'immagine e del sound Eartherranean è una pedina in qualche modo fondamentale. Anche perché, e te lo dico giusto così per chiudere, un'altra cosa buona e bella sa fare, Polo: monta sul leggio i **Dylan Dog** al posto degli **spartiti**. Sono il suo vezzo personale, la sua pregevolissima nuova frontiera culturale, per molti versi assai più ricca e intensa di quelle di tutti gli altri messi assieme: perché tutto sommato, comparato agli altri, è proprio lui il vero intellettuale del gruppo.

E insomma, tutti insieme considerati, gli Eartherrenean sono decisamente il contrario di **Ian Dury**, almeno nella sequenza: molte **drugs**, poco **rock**, quasi niente **sex**. E tanta ma tanta ma tanta giusta determinazione: sembrare delle vere rock star per convincere tutti di esserlo. Evitando al contempo di convincerli di essere forse più che altro una stramba mutazione dei personaggi di **Scooby Doo**.

Questa è la band, se vi piace. Credo di no, ma come si diceva prima i gusti so' gusti, e meglio per loro. Absit iniuria verbis, anzi ve lo ripeto: absit invidia verbis, e perciò fate poco gli invidiosi. E ah, tanto così per notizia: no, il **basso** non c'è. Fatta eccezione per Bimba che è bassa di suo ma in un altro modo, basso e **bassista** non ci sono, alla faccia di tutti quelli che dicono che senza basso non si può suonare, si può eccome: piuttosto male, ma si può.

A QUESTO SERVE DUBLINO

Gino è ritornato indietro, anche se sta per mettersi a piovere. Guarda la sua *fortune teller*, le legge le labbra, mentre ride di quel suo raglio silenzioso.

- *Quello che vuoi, avrai.*
- *In che senso?*

E anche lei, chissà come, raglio a parte capisce cosa sta dicendo Gino.

- *Nel senso di... quello che desideri.*
- *Ecco adesso però... non saprei.*

Ah, ma stavolta almeno se l'è cercata lui, la *fortune teller*.

Fermo tra i loro banchetti, in mezzo alle fioraie racchioccie appostate agli incroci di 'O Connell, Dublino: e fa così *chic*, dopo anni spesi a cercarsi lo *state of mind* ideale per scrivere... per scrivere canzoni. Da postare su YouTube. A tanti like al chilo, cioè pochi perché a questo serve Dublino, parliamoci chiaro. E mica si possono fare grandi cose ed eleganti restandosene a casa! Gino li ha sempre schifati, quelli. Quelli che ti sparano il post su Facebook: ragazzi, sto cercando un posto per potermi concentrare sulla musica, ma concentrarmi davvero, perché qui... voi mica sapete niente? Pure che non c'è il riscaldamento, pure che non c'è l'acqua, pure che non c'è la luce, fa niente, meglio anzi: quello l'importante è che trovo me stesso. Stronzate. Gino prima ci va, a Dublino, e poi fa il post direttamente da là, già giunto a destinazione. Perché parliamoci chiaro, quegli altri già si sa che tanto poi non vanno da nessuna parte, che era tutto un bluff, ma dove devono andare? E Gino invece sta a Dublino, che non solo fa rima ma c'ha pure un ingaggio, l'ingaggio dei Genesis. Ge-ne-sis. Oh.

La *fortune teller* di Gino non è solo racchioccia, di più. È lo standard, pazienza, si dice Gino. E vabbè... t'è piaciuto di fare il turista musicista, eh? A parte il fatto che ora poco e niente si capisce, dalle labbra, quando parla. Però... la città di **Joyce, Swift, Wilde, Beckett**, Emily Dickinson... pure questo ce lo metto, nel post, domani, pensa Gino. Prima però devo controllare Emily Dickinson sul telefonino, ché non si sa mai.

Il casino è che qua tutti cantano, e cantano bene pure: e non solo qua a O'Connell. Prendi Temple Bar, prendi **Grafton**: tutti bravissimi, che lui gli può spicciare casa... e quindi pure l'idea di fare il video in strada viene meno, troppa competizione: a parte l'ovvia circostanza che lui e la Bimba non parlano e ovviamente non cantano, e M'sieu chissà mo dove sta, probabilmente a fare il fico a Grafton con le femmine appresso – ah aha ah ah ah e chiamalo fesso – o davanti ai murales al **Museo del Rock'n'roll** con lo smartphone in mano che si autoriprende. Il Principe Nero, altro che chiacchiere. C'è chi può. E può fare pure molto lo stronzo, se vuole. E M'sieu è talmente stronzetto e paraculetto che sarebbe capace perfino di farsi prendere come comparsa ai provini del nuovo spin-off di **Vikings**, viene perfetto come vichingo, no? Credici, lui sarebbe capace di convincerli, lo puoi dire forte, magari è andato proprio là, ai provini di **Vikings: Valhalla** stagione tre, a Temple Bar... ma chissenefrega, ma torniamo a noi.

Questa cosa della *fortune teller* che ti fa avverare i desideri Gino non l'aveva proprio considerata, e in effetti è una gran bella novità. Che sicuramente gli costerà almeno altri dieci euro in più, ma vuoi mettere? Guardala guardala là che aspetta mentre lui si è imbambolito impensierito e le fa cenno con le labbra: *what do you want... madame?* Madame? Ma sì, madame: esageriamo.

- *Your wish.*

Ah, ecco, quello, le legge Gino in viso. Oh, ma cose da pazzi, basta che uno te lo chieda una volta e tu già non lo sai più, che vuoi. E pure qua, ce ne sarebbe da riflettere: che forse non lo sapevi bene neppure prima. E mannaggia però, ma me lo doveva dire lei a me il futuro mio, mica io a lei! Poi le labbra della *fortune teller* si muovono di nuovo:

- *Your wish to let it come true, Sir.*

Ah, Sir, e quindi ci stava tutto, il madame; meno male. E vabbè, facciamola finita.

- *It's ok, madame.*
- *...? No wishes at all?*

No, no, *no wishes*, bene così, conferma Gino. Mentre pensa: dico sempre che mi piacerebbe tanto diventare un vero musicista, ma poi la verità è che... mi basta questo, sono contento così, io sono già un musicis... la botta della punta di stivale di Bimba nella tibia lo sveglia dal rimbambolimento: vuole andarsi a prendere l'hamburger da **Supermac's**. Subito dopo il chippie di Beshoff. Neh ma quanto cazzo mangia questa? *Ah pure le pizze fanno? Ma ci vogliamo sfondare così proprio prima di andare a suonare? Ah, ma perché secondo te gli altri che stanno facendo? Secondo te stanno pure loro a passeggio ad aspettare la pioggia come noi due stronzi? Ma non lo so, che stanno fac... ah. Tu dici? Si strafocano da qualche altra parte. Ecco.* È sicura, Bimba. E se lo dice lei. Ma che idea di merda è stata, questa di separarsi, neanche una mezza posa di gruppo a passeggio in centro, si possono sparare... ridotti al livello di quest'omino scheletrico, questo vecchietto magretto che balla la river in strada in **calzamaglia viola, giacca di damasco** e **cilindro da leprecane** in testa, con le

piastre metalliche da **tip tap** sotto alle scarpe, e si piega, si piega fino a terra all'inverosimile, in pose impossibili ma come fa, è caricato a molla? O ha le scarpe magnetiche che lo tengono fermo al suolo perché non se ne voli via? Magro come la fame, lo è, e noi invece... *vieni Bimba, andiamoci a prendere la pizza da Supermac's – quella grande, oh – e poi li troviamo dopo, gli altri.*

E mentre il vecchio balla e balla e lo guarda e imprevedibilmente sghignazza, Gino pensa che forse il megero fa bene, a prenderlo in giro, che se l'è meritato, per aver fatto il coglione con le *fortune tellers* e per aver pensato tanto male di lui e dei colleghi artisti a casa in Italia; e mentre lo pensa, come ogni tanto gli capita, lo pensa in poesia. Come una specie di **Hobbit** ne **Il Signore degli Anelli**. Così:

Un altro anno è passato e ancora una volta
cosa non daresti per riviverlo daccapo.
Giusto qualche ritoccatina qua e là,
piccole modifiche ai dettagli

(sempre ammesso che si tratti di quelli e solo di quelli).
Non è mai troppo tardi, ti dici:
o forse invece è già tardi per un po' troppe cose.
Beh allora che si fa? Le diamo per buone tutte e due?
E allora buona fortuna, malgrado te malgrado me malgrado noi voi loro tutti
buona fortuna malgrado tutto.

E noi lo sappiamo, che ai dublinesi non gliene può fregare di meno, e ancor più di meno al vecchietto irridente che tiene testa beffardo a Gino mentre continua e continua a ballare; ma qui sta già **piovischiando** da un po', e presto incomincerà a piovere davvero, stando ai **tuoni** che rimbombano in lontananza.

BOCCA PIENA TESTA VUOTA

- Ma voi lo fate qui il cenone a Natale?
- Certo... ognuno a casa sua. Sempre se siamo aperti, a Natale. *Who knows*. Ecchilosà.

Mongolian, Temple Bar district. Polo si allontana dalla cassa, dove ha appena pagato il giro da due **Murphy's** (che sempre **stout** è, ma almeno facciamo vedere che siamo dei buongustai) con la **banconota tutta stropicciata tirata fuori dalla nuda tasca** all'uso irlandese; e sempre all'uso irlandese, ha appena subito il sarcasmo della cassiera che ha troncato sul nascere il suo maldestro tentativo di piacioneria. Questa cassiera qui è una di quelle carine, modello cassiera di locale trendy appunto: tratti regolari non bovini, occhietto verde, t-shirt nera, pantaloni neri e **ballerine nere ai piedi** (ma come faranno poi, con questo bel freschino, a non andare in ipotermia? Si potrebbe anche chiederlo a quelli che fumano fuori in **maglietta e infradito** accanto a quelli in **giubbotto e berrettino di lana**; o se vuoi, giubbotto e infradito. Ecco, si potrebbe fare un bel sondaggio sui social, di quelli hashtagghizzati alla #maperché o #mivestoallacomecazzomipare, e di sicuro avremmo conferma che un doppio **guardaroba estivo e invernale** qui proprio non c'è, gliene basta uno assemblato alla cazzo per tutto l'anno. Così me non c'è mai l'ombrello, e la **pioggia** sulla capoccia invece sempre).

E allora, Polo se ne torna mesto al suo tavolino. Le **patatine salate all'aceto** ha dimenticato di prenderle, ma non intende beccarsi altri smerda/menti. Perché qua per lui le femmine sono di due tipi. O animalesche, mascolacce e pericolose; o fatine, spiritose e pericolose. Questo è, poco da stare allegri. E così Polo si rassegna a proseguire nel suo sconclusionato, ondivago comizio monoutente. Manco fosse Joyce, gli viene da pensare... ma figurati se questo sa chi è Joyce, se conoscono Joyce, in Africa, o da dove arriva questo qui. E vabbè, proviamoci lo stesso.

- Il maestro diceva: "A scuola si viene colla zappa". E la maestra diceva anche lei: "A scuola, colla zappa si viene". La zappa erano la penna e il quaderno. Guai, a venire a scuola senza la zappa! "Che fai, vieni a scuola senza la zappa?". Il maestro, e pure la maestra, si mettevano a ridere e... tu eri finito, tutti ti avrebbero preso per il culo fino all'estate. Bifolchi del cazzo... che non erano altro. Ma mi senti?
- Mpfhhhh ...ghh... e piantala con queste stronzate alla James Joyce, ma certo che ti sento: e la vuoi sapere una cosa? Eh? La vuoi sapere?

M'sieu ha colto al volo l'occasione della sorpresa che si è dipinta sulla faccia di Polo, per provare a farlo smettere.

- Sentiamo.

Fa Polo, seccato dell'interruzione.

- Io lo so che oggi è il mio giorno... perché sono un Artista, io. Te lo giuro, che è proprio così: non mi credi?

- Certo che ti credo, ma...

Risponde Polo, sospirando e alzando gli occhi al cielo. Oddìo, ora ricomincia, pensa.

- Lo so che è difficile accettarlo, anche per te che già mi conosci, ma ti posso giurare che è esattamente così. Li vedi questi occhiali? Li metterò anche stasera, e tutti capiranno: è giusto che si incominci a percepire la mia presenza, il mio spessore.

Polo guarda perplesso i grandi e pesanti occhiali da vista di M'sieu, e annuisce svogliato, cercando la pausa giusta per riprendersi la palla della conversazione. Ma l'altro non la molla.

- Sono un Artista – eh, lo dice proprio così: con la A maiuscola – malgrado ed oltre la mia stessa volontà. Cosa posso farci? Come **Stanislavskij**, come **Grotowski**, come il nostro dj di spalla: un artista che viene dal popolo e parla al popolo, un artista per le masse. Come il dj di stasera.

- Ok, M'sieu, mo basta però, abbiamo capito...
- E no che non hai capito! E io fesso che continuo a spiegartelo! Caprone! Ah, ma quando mi scapperà la pazienza... potrei anche stancarmi e mollarvi.
- Ma smettila che adesso sono stanco io!

Sbotta Polo facendo volare le bacchette in giro, e il cuoco alla piastra lo guarda storto. Ma M'sieu non demorde.

- Parlare. Parlare parlare parlare parlare: possibile tu non sappia far altro? Ti piace solo parlare di quello che avresti fatto o faresti o farai, se solo avessi potuto o potessi. Per te parlare parlare viene prima di fare, prima di parlare ancora e dunque prima di fare, sei fatto così, parlato così, pensato così, e io non ne posso più, bisogna pure che qualcuno te lo dica... o perlomeno te ne parli. Di come fare. A farti tacere. È il minimo. Scusa.

L'altro finalmente tace, allibito. Missione compiuta. Tacciono entrambi.

E se non fosse che è una faccenda seria, gli verrebbe quasi da piangere, a Polo. Perché è stato tutto così facile, è filato tutto così liscio, sinora, da sembrare... innaturale. Finto. Forte. Ma... quanto durerà, sempre ammesso che duri? Come è possibile, come è pensabile, come è probabile che vada tutto liscio fino in fondo, per giunta proprio nelle cose in cui noi e loro siamo i primi a non credere? Si chiede. E per quanto ci si possa girare intorno, non se ne esce. Sono soltanto pochi decenni fa e già sembra una cosa vecchia da libri di storia, quando certi gruppi dal nulla arrivavano a... che buffo, come doveva essere diverso da ora, sempre se è vero, s'intende. Ma forse il bordello era uguale, soltanto... diverso. Ma forse è proprio per questo che sembra tutto così facile. Decide di riprovarci, a rompere il silenzio.

- M'sieu, te lo ricordi? Te lo ricordi, eh, quando andavi a scuola e il maestro ti diceva che eri grasso, e i compagni ti dicevano che eri grasso? Ah, e non te lo dovevano dire? Certo che non te lo dovevano dire... ma intanto te lo dicevano. E comunque, non per questo dire che sei o eri grasso vuol necessariamente significare quello che sembra.

- Non lo so, noi a scuola in Africa eravamo tutti magri, non so se mi spiego... ma poi, volevo dirti: ma secondo te... ce la facciamo? O ci fottono?

Polo lo guarda intenerito.

- Facciamoci un altro giro di scodelle, va'. Ma mi offri un'altra birra, e stavolta te la bevi per davvero pure tu: guarda che ti ho visto, che alzi il bicchiere e fai finta di bere... brutto musulmano che non sei altro!

pensiero prigioniero # 3: Gino

VOGLIO LA PIZZA

Voglio la **pizza**. E allora? Compratela, mangiatela, buon appetito e falla finita, dirai. Invece no, c'è un problema, rispondo io. Sono a Dublino, Irlanda. Ehe eh eh he. Che non è esattamente un posto rinomato per la pizza.

Dublino, non so se mi spiego... ***irish stew, shepherd's pie, roasted lamb***, *Guinness beer...* ma niente *irish pizza*, al limite ***irish coffee*** se vuoi, ma proprio non so se ti conviene; visto che loro non lo bevono, e comunque niente pizza però. E va bene, sarò il solito tamarrone masochista italiota, ma io la pizza la voglio lo stesso, cosa posso farci? Cerca cerca la trovi dovunque, poi vai a vedere cosa trovi, e a quanto lo trovi... Da una veloce ricognizione tra i menu esposti dei vari ristoranti italiani in città, è emerso che per 11 euro e 50, 12 e 50 massimo ti becchi sia la marinara che la margherita, ma se le guardi nei piatti, mica si presentano granché, con quella similmozzarella dalla sfumatura cadaverica. Diverso se magari la prendi **con su l'ananas**, che qui va molto: un pochino schifo fa uguale, ma vuoi mettere... almeno ha una sua personalità. Paese che vai... resta sempre McDonald's, che poi qui in Irlanda spesso non è neppure il McDonald's originale, è Supermac's, uno scaltro concorrente locale che propone più o meno le stesse pietanze ma fa porzioni più grandi, o almeno così annuncia trionfante la sua pubblicità. E fortunatamente da Supermac's a O'Connell la pizza c'è: e che pizza! "**Papa John's pizza**": pizza piccola 9 e 99 (...figuriamoci!), offerta pizza media 14 e 99 e te ne regaliamo una piccola, offerta pizza grande 19 e 99 e te ne regaliamo una media.

Ideale per noi come coppia, no?
Dico a Bimba.

E quindi entriamo: l'idea è quella di sbafarci in due pizza media e pizza piccola. Ma la cassiera ci indica a gesti che non è giornata di promozione – giusto, il manifesto in vetrina dice chiaro che la promozione è un *"early week special"* (*Buy one, get one free!*) e oggi è venerdì – aggiungendo sempre a segni che la pizza omaggio possiamo averla anche oggi se vogliamo, ma solo se ordino di base quella gigante da 19 euro e 99. Soluzione esageratamente abbondante e costosa che ci fa ripiegare sul menu pizza piccola, nonostante la cassiera ci abbia tenuto a simulare con le mani che in questo caso la pizza è "veramente" piccola.

Pazienza. Ce la facciamo farcire ben bene proprio come la vediamo in foto. **Carne macinata,**

chili pepper, salame e olive nere: non te l'abbiamo mai detto che la Bimba e io adoriamo il cibo spazzatura? E se no da dove ci verrebbero queste pazze idee di pizze aliene? Da bere scegliamo la Coca, meglio non insistere con altra bibite volanti non identificate… e a questo punto arriva un'altra richiesta strana: insieme con la pizza ci vogliamo le patatine fritte o "il **pane all'aglio**"? Ma come, il pane insieme con la pizza?! Intanto però le patatine fritte sulla pizza, o anche soltanto con la pizza, io le detesto cordialmente da quando avevo sette anni, e quindi… il pane all'aglio. Ci dicono di aspettare, che verrà preparato tutto al momento, che pizza sarebbe se no?

E quando mi chiamano, un quarto d'ora dopo, davanti a me c'è una gran sorpresa: ci tocca sì una minipizza piccola piccola, ma alta, soffice, gonfia e di grande effetto, con tutte le farciture richieste al punto giusto, dal sapore buonissimo per essere una pizza da fast food, con in più la Coca-Cola regolamentare e… meraviglia delle meraviglie! Una megafocaccia bianca al rosmarino! Come quella che mi fa la Bimba! Certo, con un quantitativo di olio circa otto volte superiore... il che però ce la rende molto più saporita (e unta). E buon appetito: ce le facciamo fuori tutte e due, pizza e focaccia, senza stare a pensarci più di tanto.

All'uscita da Supermac's O'Connell, i bevitori locali chiacchierano tranquilli sull'uscio dei pub nella loro divisa regolamentare: **boccale in mano e in maniche di camicia**. Incuranti, come da regolamento, sia del **ventarello gelido** che della **pioggerellina spruzzante**, mentre qua e là i *buskers* allietano la serata con le loro tante belle chitarre (dovunque tu vada, c'è sempre qualche bella chitarra che ti risuona intorno, qui a Dublino, devi vedere che gran professionisti che sono). Appena ripassato il fiume più o meno in zona **Porterhouse Central**, incrociamo un tipo strano. Se ne sta fermo lì, con in testa un buffissimo cappello di lana dall'enorme pon-pon a forma di orsetto. Lo guardo di sfuggita e accelero il passo – sai com'è. meglio non mostrare troppa curiosità, magari è un indovino anche lui – ma mentre lo supero lui mi apostrofa beffardo, glielo leggo sulle labbra, ci so fare con l'inglese:

"Tra noi due il più stupido sei sicuramente tu: io vengo soltanto per secondo!"

E beh, a questo punto, voglio proprio sperare che non lo sia, un indovino.

pensiero prigioniero # 4: Lord

IL GIORNO CHE MUORI

Uscito con calma da Subway mentre gli scugnizzi rossi si dileguano, e mentre fa buio e incomincia a piovere forte, il nostro Lord tira fuori la boccetta dall'impermeabile, dà un sorso e si avvia con calma... per la strada sbagliata. Percorre tutta O'Connell diretto a sud, attraversa l'**O'Connell Bridge** – buoni, buoni: Bimba e Gino sono passati da poco, e no, che non si sono incontrati – incrociando i **giovani barboni alcolisti** che sopra e nei pressi del ponte preparano i sacchi a pelo per la notte, e tira dritto costeggiando a sinistra il **Trinity College**, per ritrovarsi in una Grafton Street mezza vuota, con solo pochi bluesmen rimasti a strimpellare sotto il mezzo portico di qualche negozio. La musica del diavolo gli suscita, come se poi ce ne fosse bisogno, i suoi soliti pensieri neri.

E naturalmente, nella sua testa (che gira) se la prende con chi per primo gli capita a tiro: e cioè me, e cioè te.

Non te l'aspettavi, il giorno che muori.
Eh no, che non l'avevi mica previsto.
Ché in effetti, il tempo di morire non ce l'avevi mica. Così impegnato in tante rotture di palle una dietro l'altra, e adesso zac! ti tocca che devi morire. Ma tu guarda, e rimarrà tutto appeso così... perché chi vuoi che se ne faccia carico, quando non ci sarai più tu?
E ma tu vedi ma che problema... e non venirmi a dire che non te ne può fregare di meno visto che tanto sei morto, perché non è mica questo un bel modo di ragionare. E già: tu muori e tutto resta là,

a metà strada, nella migliore delle ipotesi fermo e sospeso, nella peggiore annullato e perso. E non è mica un bel modo di morire, questo.

Ché poi, non è mica soltanto questa, la faccenda importante: anzi.
E vabbè, passi, muoia Sansone con tutti i Filistei e muori pure tu, rassegniamoci. Resta il fatto che... dove. E sì, perché un particolare mica trascurabile del giorno della tua morte è che molto probabilmente stavi correndo di qua e di là diretto verso qualche posto insulso dove dovevi andare per forza, arrancando di malavoglia, trattenendo magari la pipì e forse addirittura la cacca pur di sbrigarti e schiodarti di là, per andartene finalmente affanculo in pace a non farti più rompere i coglioni e invece... muori. Muori in un posto di merda dove non ci volevi andare, non ci volevi stare e non ci volevi restare, e muori là, te lo scrivono sulla lapide, morto a... il... e a te non te ne fregava un cazzo, peggio ancora di dove sei nato, e non ne parliamo, ché sulla lapide ti scrivono proprio e solo quello e quello, come se non fossero

già stati abbastanza, tutti quegli sciagurati anni di menzione su carte d'identità e passaporto.

Figuriamoci poi quelli che muoiono in viaggio.
Noi siamo abituati a pensare alla morte in viaggio come a una morte romantica: il risultato, l'effetto, il culmine di una scelta di vita etc. etc... see see, proprio così, guarda. E se a quello lì non gliene fregava niente di quel paese dove stava passando in quel momento e muore, ché poi chiariamoci, è sempre tutto relativo, posto di merda per lui, orgoglio per gli indigeni di dove quello lì è morto. Sempre se era famoso: e se non lo era, cazzi suoi, neanche quello. E nessuno che ti dice mai: vorrei morire qui, vorrei morire là, ah no, non ne parlano mai, non ci pensano proprio, e quando poi arriva l'ora ahimè è troppo tardi, previdenti avrebbero dovuto essere, lungimiranti, per non ritrovarsi ad avere a che fare con una morte a caso, o a cazzo se preferisci. Ma intanto poi che fai, non vai mai da nessuna parte per paura che lì ci muori, e ragionando di questo passo neanche per mezza giornata ti dovresti muovere, e mica si può, e che

fai, aspetti la fine nel tuo posto ideale che nella migliore delle ipotesi è casa tua dove pure abbondantemente ti rompi i coglioni di stare? E confessalo, dài... che avresti voluto una morte diversa, diciamo così, un po' più organizzata. E una vita allora? Perché non organizzarti meglio anche quella? Ma mica dipendeva da te, fosse stato per te ti saresti organizzat@ sì, ma adesso cosa vuoi fare, è tardi per quella ed è presto per quell'altra, e l'unica precauzione che, arrivati a questo punto, potresti adottare sarebbe quella di starci un po' attent@, ma poi ti prendono per matt@ e comunque va a finire che diventa una vita di merda peggio di quella che già è. O no? Ué, e mo non dire che l'idea l'ho presa da **American beauty** *che mica ci voleva la zingara per capirlo. E neppure la fortune teller. Solo una cosa lo so, o la dovrei sapere, grazie a quell'indovino dei miei stivali: che sarà, dovrebbe essere in un posto caldo, e perciò qui in Irlanda non c'è pericolo, posso stare tranquillo.*

Tutto qua, così, giusto per enfatizzare il momento; ma anche perché Lord è un grosso filosofo mancato, come quello lì, quello lì dello scarafaggio, quello che sta qua, sì proprio qua... Kafk... no, non **Kafka**, Joyce, ecco sì, Joyce: James Joyce. O no? Ma sì, diamola per buona, accendiamola. Lord (lungo sorso) si prepara alla morte come di certo faceva James Joyce, e non sa che meglio avrebbe fatto a riferirsi a Oscar Wilde, considerata l'abbondanza di pensatori locali a disposizione. E comunque, questo è più o meno quello che gli gira in quel testone da monellazzo incanutito, mentre, tra i **goccioloni** che lo frustano, si affaccia alticcio su **St. Stephen's Green** continuando a percorrere la strada in direzione opposta, ancora incerto se quello sia tecnicamente davvero o no un buon giorno per morire.

MUOVITI, È ORA!

BENVENUT@ A DUBLINO

Questa città ha un che di... di fatiscente.

Te ne accorgi dalle case coi tramezzi che sembrano fatti di cartapesta, dai corridoi stretti ma stretti ma stretti che sembrano portare dritti alla tana di Bianconiglio – che se non stai attento quanto quanto ci rimani incastrato, proprio –, dagli impiantiti di legno con le assi che scricchiolano sinistre sotto tappeti polverosi o sotto moquette scollaticce dalle macchie luccicanti.

Qui praticamente tutta l'edilizia è centenaria e ultra, e le ristrutturazioni sono *plus* non frequenti. Te lo fanno capire gli imbonimenti delle agenzie immobiliari ("non è da ristrutturare", no, certo che no... prima che cada letteralmente a pezzi).

Al primo piano degli stessi immobili dove al pianterreno ci sono i negozi delle catene internazionali, sì, proprio lì sopra, se alzerai lo sguardo troverai delle strane balconate di ferro, come quelle delle scale di emergenza antincendio. Senza il fondo del balcone, che non ci puoi uscire. E magari senza neanche gli infissi del balcone: quei vecchi palazzi, brillanti e lucenti di commercio al piano terra, dal primo piano in su non sono che orbite vuote, popolate da topi e fantasmi: che nessuno disturberà, né gli uni né gli altri, finché crollano.

Fascino della vecchia **Britannia imperiale**... la sensazione è la stessa di un oggetto perduto che sta sotto al divano, e tu non lo vedi ma c'è, e questo t'inquieta, perché turba l'ordine delle cose... ecco, quelle vecchie **case georgiane** dai **balconi in ferro** battuto sono come il divano di casa tua: cosa c'è nascosto sotto (dentro) tu non lo sai, e forse nessuno lo vuole sapere.

Non lo vuole sapere l'anziana suonatrice d'arpa che incontri per strada e forse lei abita nei pressi o al di sotto di qualcuno di questi ruderi a metà; non lo vogliono sapere proprietari ed eredi di quei palazzi, non lo vogliono sapere gli irishfighetti che si sono trasferiti nelle eleganti e costose residenze sul **laghetto artificiale** ai **Docks** più o meno alle spalle dell'**EPIC, il Museo dell'Emigrazione Irlandese** nel mondo (ma ne sarà valsa davvero la pena, poi? No, no, non di emigrare, quello di certo, voglio dire, comprare e abitare casette così fighe e costose). Insomma non lo vuole sapere nessuno, neppure l'Unione Europea che dovrebbe metterli a norma e chissà se lo fa; perché tutti invece vogliamo scivolare verso l'oblio, verso il nulla, e cosa meglio allora di questo niente buio, polveroso e austero che ci avvolge e incombe dall'Alto?

La nonna diceva sempre: "La dilinguenza se veste re tutte manere" (i delinquenti si nascondono sotto le più improbabili spoglie). E s'incazzava a bestia quando in tv davano film di gangsters con rapine etc., perché "accussì li dilinguenti s'imparano" (così i delinquenti imparano). E, va da sé, sfotteva e disprezzava gli artisti. Sarà per quello, che ho maturato questa sensibilità.

E infatti qui a Dublino, se tu dovessi mai girare un film in costume, non hai bisogno di adattare i set: sono già là, pronti. Là che ti aspettano. Forse per quello ne girano tanti, di film in costume. Perché conviene.

Ma torniamo ai nonni, ai loro tempi.
Tempi di cose fatte male e di fretta.
Succedeva spesso.
Salvo poi presentartele come gran cosa, a te costretto a gestirti ex post superficialità ed errori.
Un malloppo sullo stomaco da farti maledire tutto quell'interessamento non voluto, con mille

altre cose non fatte e fattibili che si sarebbero invece potute fare.

Ma loro erano così, in ciò presuntuosi e supponenti, sicuri e convinti che il mondo non sarebbe mai cambiato, neppure per accorgersi un domani delle loro mille cazzate e cazzatelle, debitamente incrociate con quelle dei nonni degli altri in fantasiosi mix di vicendevoli incardina/menti.

E anche sicuri che tu, anche tu fossi, non fossi altro che un nato ieri, uno sprovveduto tale da perseverare tranquillo in simili balordaggini e ingenuità.

Generazioni passate. Poco da fare, tutti così. E adesso?

Adesso, venute meno le loro cieche sicurezze, a te il malloppo da scrollarti dalle spalle.

Dicevano sempre di pensare al futuro, ma di certo il futuro loro non lo vedevano neppure col cannocchiale.

Dicevano di aver pensato a te, ma col cavolo, è solo a sé stessi che stavano pensando: ai loro piccoli sogni, e a mettere serie ipoteche sui tuoi. E non dire che non è così perché probabilmente anche tu ora stai facendo lo stesso, con i tuoi figli e figlie e nipoti, se ne hai o ne avrai. Vedrai.

E a te il malloppo. Vedi di non girarne troppo ai tuoi.

E perciò, benvenuto a Dublino: non la senti, l'aria di casa? L'aria da... Casa degli Usher?

Non è necessario.
Dicevano i nonni in dialetto.
Tutte le volte che non volevano tu facessi qualcosa. Qualunque cosa: tanto, cosa vuoi fosse necessario, per un bambino? E questo ti faceva potentemente incazzare, perché era la prova della tua libertà vigilata. Sottoposta all'arbitrio dei nonni.

Io da piccolo ero molto responsabile... e tu?
Ma ci sono cose che, obiettivamente, non sono necessarie ma utili. In tanti modi. Però, non sono necessarie. E qui battevano i nonni. E in fondo, considerata la questione dal loro punto di vista antesecolo... come dar loro torto?

In fondo, se ci pensi bene, è sempre la solita vecchia storia: la storia del potere che, a qualunque livello, anche minimo, decide della tua vita secondo sue priorità. E tu non puoi farci nulla: o mandi tutto all'aria, e potrebbe essere un'idea, o adotti la loro disciplina. Per imporre a tua volta la tua allo scoccare del tuo turno. Capito? *Same old story*, l'ho già detto, no?

Poi dice che la gente esce pazza, e i potenti della terra fanno tante cazzate. Ecco.

Ué, benvenut@ a Dublino.

Ma stavolta, mi raccomando: giochiamocela bene.

BUIO

Altro tempo, altro giorno.
Bimba e Gino sognano.
Facciamo la notte prima.

Possono parlare, nel sonno. Voglio dire, parlare come te e come me. Tutti e due, e ci mancherebbe altro... è per quello che sognano tanto: pure a occhi aperti, se capita. Parlano, parlano, parlano, come no... non ci credi? Per non dire del resto, che è tutto più... più, più bello e potenziato. Come nei sogni, no? Ecco, ora puoi sentirli anche tu: shhhhh...

(Gino) Ehi?
(Bimba) Sì?

(Gino) Bimba, ti posso... ti posso fare una domanda?
(Bimba) Spara... ma niente richieste strane.
(Gino) No, no... niente richieste... strane.
(Bimba) Allora?
(Gino) Bimba, ma tu... sei felice o no?
(Bimba) Ma che domande fai?
(Gino) È una domanda strana?
(Bimba) Figuriamoci!
(Gino) Figuriamoci cosa? No, perché io... da quando stiamo insieme... mi sento felice solo quando... sono con te.
(Bimba) E infatti tu non sei con me. Stiamo dormendo, dormiamo, ognuno per conto suo, ognuno coi sogni suoi.

(Gino) Sì, sì, certo, ma... magari lo fossimo! Lo sai, quanto mi piacerebbe... pensare con la tua testa, sentire con il tuo cuore.

(Bimba) Ecco. Il solito sfigato.

(Gino) Certe volte mi viene da pensare che... la sfigata invece sei tu.

(Bimbo) Sfigata io? Ma come ti permetti?!

(Gino) Scherzavo! (ride)

(Bimba) Ah, ecco. Guarda che ho poca voglia di scherzare.

(Gino) Senti: visto che non vuoi... non puoi essere qui con me, allora insegnami tu a essere felice! Prendimi con te, ti prego...

(Bimba) Per essere felice... devi accettare... il mondo com'è, la vita com'è, bello. Non la senti, la musica? Ma no che non la senti... però in qualche modo... la senti, è la tua, la nostra...

(Gino) Magari fosse così facile... la musica, passi, ma tu... sei così lontana, ora.

(Bimba) Ma se sto dormendo accanto a te... sfigato! (ride). Possiamo farcela, Gino, basta volerlo. In realtà, potresti farcela con me lontana, come ora. Potresti farcela anche senza di me. Hai *capito, sfigato che non sei altro?* (ride e poi ad alta voce nel sogno) *Sfigato sfigato sfigato sfigato! Sfigato senza rimedio, disgustoso sfigato, ma tutti a me devono capitare? Eh? Tutti a me?!* (ride ancora)

(Gino) Se non ci fossi tu, sai, io non credo che...

(Bimba) Posso insegnarti tante cose... ma tu devi volerlo davvero. Imparare. A camminare da solo. Non ci sarò sempre. Preparati.

(Gino) Io voglio te.

(Bimba) Potrei non esserci, domani.

(Gino) Che bella che sei!

(Bimba) Lo so. E ora basta, dormi.

(Gino) Ma stiamo già dormendo! (ride)

(Bimba) E allora buonanotte (occhietto). *Sei pronto? Il momento è arrivato, anzi, sta per arrivare... che farai, su quel palco?*

(Gino) Farò quello che farai tu.

(Bimba) Mah... Non credo proprio (occhietto).

(Gino) Vedrai (occhietto). *Buonanotte* (occhietto).

PUNTUALITÀ PRIMA COSA

Mongolian Bbq, e neppure si stancano, 'sti due. E naturalmente è Polo quello caricato a molla, che gira e gira e rigira. Senti un po':

- Ordine. Fare ordine. Ordine... mentale. Correttezza. Serietà. Rispetto. Non riesco a sopportarne l'assenza. Non riesco. Non ci riesco. Ecco. E non mi piacciono i cosiddetti supposti stravaganti, voglio dire quei bei tipi che... insomma quelli con la fissa di trasgredire alle regole, quelli che ogni cosa non gli va mai bene, quelli che pur di... quelli della "crisi". Mi spiego? "Sono in crisi". "In crisi". Io non ci sono mai andato, "in crisi". E perché, secondo te? Lo vuoi sapere, perché? Perché non mi sono mai sognato – io – di andare "controcorrente", di dire o fare certe cose giusto e tanto per il gusto di... la vuoi sapere una cosa? Io proprio non vi reggo, a voi esibizionisti, non vi sopporto: voi che, pur di farvi notare, fareste carte false e anzi la falsità vi piace, trasgressivi per comodo che non siete altro, subito pronti a rifugiarvi dietro alle vostre truffaldine sensibilità da "diversi"... Ma dico io, ma che ci sarà mai da essere "diversi"? E diversi da chi, poi, quando venite tutti sempre a ripetermi le stesse cose... bla e bla e bla bla bla e punto e a capo, sempre le stesse quattro stupidaggini trite e ritrite condite con la solita salsa a base di... uguale, sempre uguale pure quella. Sempre la solita trippa.

- Ué, bello! Ma mi hai visto bene, a me? Ti sembro uguale a te io, proprio proprio? Uguali come gli scacchi, see.

Sbotta M'sieu. Poi continua, scandendo bene ogni parola:

- E comunque, non mi sento "in crisi", io; non soffro di solitudini né vivo altri drammi esistenziali o presunti tali, io; perché mi rivolgo alla società e al prossimo nel pieno totale rispetto dei valori della buona educazione familiare di cui ho fatto tesoro, e che condivido e che amo insieme a tutte le persone come me rette e oneste. Perché conosco i miei doveri, io. Li conosco, e non li rifuggo. Perché non sono un ipocrita pseudorivoluzionario doppiogiochista come te, io; e a voi altri vi odio, vi odio forte con tutta la mia anima, perché siete proprio voi i soli, unici colpevoli della "crisi". Di quella vera, figlia diretta della vostra incoscienza e sconcezza di debosciati!

- Ah però, ti hanno insegnato tante cose, alla scuola per stranieri in Italia... pure a rintuppare i buana, ma bravo! Dove andremo a finire... lo sapevo, che finiva così. Canta l'amore e razzola l'odio... ingrati che non siete altro, questa è la riconoscenza per avervi accolti!

- Senti buana, io mica ti ho visto quando sono sbarcato... anzi sì, ti ho visto, dovevi essere uno di quelli che mi rompevano i coglioni!
- Sbarcato? Ma non eri arrivato da sotto al cam...
- Neh, ma che ore sono? Ma non dovevamo stare già al... al...
Si alzano e si avviano di corsa all'uscita.

- Al Dub-lin... e cazzo, andiamo allora! Sempre colpa tua, cazzo! Tu e 'sti orari tuoi africani!
- Ma se sei tu quello che parla parla parla e non conclude mai un cazzo! E sputa quella sigaretta, cazzo fai, fumi mentre corri?
- "Nonn gognglude bai un gazzo!" Ringrazia che devi suonare, se no due schiaffoni...
- Te li do dopo io, due schiaffoni, corri mo, corri!

- Gorri gorri gorri sghiaffoni! Poveratté... ma non era meglio che ognuno si stava a casa sua?

Pensiero prigioniero # 5:
Lord... e chi altri, se no?

SETTANTA REVISITED

Gli anni Settanta erano meglio.

E mica solo perché eravamo giovani; sì, vabbè, pure per quello, ma principalmente erano meglio davvero. Poche cose e buone, e tante stronzate inutili di meno. Chi stava dalla parte di chi, si capiva, e la tecnologia era fatta per durare, capolavori della meccanica che valli a trovare oggi. E che ci frega che l'elettronica, la telematica e l'informatica praticamente non c'erano, in effetti era quasi meglio così. Partivi, e se ne parlava quando tornavi, e se chiamavi eri tu che chiamavi, il che era tutto un altro paio di maniche. La gente non si faceva troppo i cazzi tuoi né tanto meno tu ti sentivi in dovere di condividerli. Le cerniere di pantaloni e giubbotti non si rompevano mai, perché i cinesi erano belli lontani e 'ste cose ce le fabbricavamo da noi, eccezion fatta per qualche *made in taiwan* di stramacchio che però fastidio più di tanto non dava. No influencer, no Ferragnez, no Conti Grilli Draghi, no resilienze, no piddì, no strategie di comunicazione, ma volete mettere? I dischi erano quelli buoni, anzi parecchi dovevano ancora uscire o stavano uscendo, e che emozione che era! Se volevi sapere una cosa la dovevi andare a chiedere a qualcuno o cercartela in biblioteca, e sia nell'uno che nell'altro caso ti potevi fidare più che di Wikipedia. Eh già, perché il monopolio dell'informazione non c'era, anzi a ben pensarci per molti versi non c'era proprio l'informazione, ah ma si campava meglio, perché ti andavi tu a informare di quello che ti interessava e pace. Non c'era l'Aids, non c'era l'Isis, non c'era il Covid, ma vuoi mettere? E non c'erano tante di quelle rotture di coglioni che ti viene da piangere a pensarci. Prima di andare in un posto mica lo sapevi com'era, e quando tornavi al massimo lo potevi raccontare come lo avevano raccontato prima a te, e allora sì che per un altro ne valeva davvero la pena di andarci. E senza navigatore, che tutti poi sono buoni.

Negli anni Settanta la gente una coscienza sociale critica ce l'aveva, ce l'aveva a tutti i livelli, e quindi giocoforza i politici non erano così arroganti e stronzi: non se lo potevano permettere. E l'economia? Ne vogliamo parlare? Le cose si risolvevano con una svalutazione dalla sera alla mattina, e ma perché, ti farebbe tanto schifo adesso, che stai ancora buttando il sangue dopo il primo quindicennio di crisi? Svalutavi, aumentavi i prezzi, rilanciavi l'export e avevi risolto, con le griglie monetarie tutto si poteva fare, altro che con questi euro di merda che ti scappano via di tasca peggio che se fossero serpenti. E infatti non c'era, l'euro, negli anni

Settanta, non c'era quasi neanche l'Europa, e manco a dirlo tra noi europei si andava molto ma molto più d'accordo di oggi.

Ah, ma tutto questo i giovani, il nuovo che avanza appunto, tutto questo loro non l'hanno mai sperimentato; e a noi vecchi chissà che cazzo ci ha preso, a inguaiare noi stessi e gli altri per una cucchiaiata di minestra. Anzi no, per una cucchiaiata di miliardi, e a noi la zuppa rancida. A noi il rigore, a noi le guerre, le guerre nel mondo e le guerre tra poveri, negli anni Settanta ce n'erano molte di meno, di tutte queste guerre, ci hai mai pensato? E anche quello che allora ci faceva incazzare, adesso lo rimpiangiamo: forse perché allora eravamo giovani, e non ci pensavamo abbastanza. O forse perché adesso siamo vecchi, e ci pensiamo troppo.

No, tutto questo non sarebbe mai successo, negli anni Settanta. Ah, certo che no.
E adesso, basta seghe: a suonare, perdìo.

CHE LA NOTTE INCOMINCI

L'UOMO DELLE OFFERTE

L'uomo delle offerte incedeva con cadenza come marziale, la scarpa ortopedica dalla suola altissima protesa a compiere un mezzo cerchio nel vuoto, prima di battere pesantemente il passo. La lunga picca di ottone luccicante imbracciata dritta davanti a sé, agitata da ritmiche scosse, che facevano sussultare e tintinnare in pari cadenza le monetine nella sacca di cuoio in cima, tenuta aperta da un largo anello. E quegli abiti lisi e neri, quell'espressione cupa sul viso sfregiato dall'emiparesi non lasciava dubbi: versare l'obolo, o andare.

Funzionava così, in chiesa, quando Lord era bambino: la questua condotta dal sacrestano durante la messa, allora, era una cosa seria. Come lo era del resto tutta l'interminabile funzione cui era costretto a sottostare ogni domenica. A cominciare da quell'iniziale "riconosciamo i nostri peccati" seguito da un silenzio gravido di tensione, nel quale sembrava di poterle quasi toccare, tutte le colpe inconcepibili, misteriose ed inconfessabili della platea muta e imbarazzata che se le rirovesciava in mente, nella speranza di poterle così esorcizzare, ma invano. Come ogni domenica, tutto si sarebbe rivelato inutile. Finanche il vago miraggio della comunione col Corpo di Cristo, cui tutti si avviavano sconsolati e dubbiosi, e tali restavano pur con l'ostia adagiata nelle impudenti mani sacrileghe, prima di inghiottirla veloci. Perché l'unica vera liberazione era quel fatidico "andate, la messa è finita" al cui annuncio una volta Lord vide esultare una bimba male educata, o forse soltanto carica e satura di recente terrore in antica consapevolezza. Fino alla prossima messa.

Questi pensieri rimugina, Lord, a **Merrion Square**, sotto la pioggia, mentre tutti si sono rifugiati a casa o nei pub. La loro messa cantata deve andare in scena quella stessa notte, e non c'è più modo di scansarla, adesso: neppure quello delle sue gambe che lo stanno più o meno inconsciamente portando sempre più lontano, nella direzione opposta.

E finalmente gira i tacchi e si dice: voglio essere uno specchio, riflettere il mondo di chi incontro e fronteggio, ubriacarmi di loro, persino dei loro borghesissimi pregiudizi di connoisseurs zotici e ineducati. Tanto, ormai di mio non sono più nulla, se mai lo sono stato... ma certo che no, altrimenti mi ricorderei il mio nome di allora. Voglio che l'arte mi pervada come avrebbe sempre dovuto, e... forse sì, ma sì, che in qualche maniera è già così. Perché non è più vero che non sono pronto a morire, ecco, ora sì... e sulla mia tomba scriverete: qui giace colui il cui nome era scritto nell'acqua, ma no, no, no, sarebbe bello ma quello era un altro... sulla mia tomba scriverete: era un uomo... era un uomo... generoso? Ma certo, anche... però quello che scriverete è: seppe vedere te, in sé stesso.

Lord pensa anche che però dovrà ricordarsi di dirlo a qualcuno, questo, prima che... meglio farlo stasera: appena arriva al Dub-lin. A occhio e croce, ci vorrà più di un'ora a piedi: c'è n'è di strada ancora da fare, sotto la pioggia. Come sempre.

PIACERE: MR BARRETT

Beh, cosa credevi? Che non ci fossi io dietro a tutto questo? Ma se sono sempre dietro a faccende assai più importanti di queste... e quando tiro le fila di un qualche casotto, beh poi è normale che debba raccordare anche tutti i casotti minori. Ma voi questo fate sempre fatica a comprenderlo: per voi, il caos è sempre qualcosa di importante, di mistico di unico e di grande, e non vi rassegnate alla semplice, ovvia, lapalissiana idea che un botto grosso non è che il risultato della somma algebrica di tanti botti piccoli sovrapposti e aggrovigliati. E dietro a tutto il fuoco d'artificio, ci sono io, sempre io: ma anche davanti e durante, intendiamoci. Intesi? Voglio sperare.

E allora: i ragazzi li ho lasciati in giro in città, gli ho dato qualche ora di libertà ma non più di tanto. Perché capirai che, ormai che si sono già impelagati con le loro (con le mie) stesse mani, poco o niente si potrà più sbrogliare, adesso. Imbrogliare invece, quello sempre: e in quello sono già bravi da soli, non gli servo io. Come pure a ragionarci su, ah pure in quello sono bravissimi, ad arrovellarcisi acrobaticamente: e anche qui al solito, come volevasi dimostrare, neppure quello gli servirà. Dopo di che...

Facciamo il punto della situazione. Gino e Bimba usciti per primi da Supermac's a O'Connell – e a quest'ora magari staranno già sgambettando tra gli antiquari costosi e le prostitute economiche di Liberties –, Polo e M'sieu catapultatisi di corsa e senza troppo senso pratico fuori dal Mongolian a Temple Bar, e per finire Lord straniatissimo più degli altri, perso con la testa nella testa addirittura a Merrion Square.

Quindi, nessuno ancora neppure dalle parti del Dub-lin: e Lord figuriamoci, drammaticamente fuori strada (anche se ora lo vedo che sta già recuperando in **Dame Street**). Bimba tira fuori il cell per capire, le risponde M'sieu, si danno appuntamento di fronte al **Forbidden Planet** ("ma come, dobbiamo ritornare indietro, adesso?") giusto per dirsi un posto facile e vicino dove sono stati tutti la mattina: e sfido, più dei fumetti cosa volete che gli interessi? Il **Book of Kells**? Lord, invece, col cazzo che risponde: è vecchio, lui, ha azzerato tutti i bippini delle notifiche, e un messaggio lo vede solo quando lo tira fuori di tasca lui il telefono, il che vorrà dire tra un'oretta minimo. Cazzi suoi, che si arrangi.

Ma adesso torniamo a noi, per chiarirti un altro dei tuoi piccoli dubbi. Ebbene sì: c'ero io, nei paraggi, quando a Bimba sono successe quelle cose brutte, e c'ero io pure quando a Polo non succedeva mai un bel niente. Quando a Lord succedeva di tutto e di più mentre lui a stento se ne accorgeva, e ovviamente in tutti i variegati e anonimi guai di Gino. Quanto a M'sieu, poi, lui è la quintessenza delle mie creazioni: una vita come la sua è tutto un fuoco pirotecnico, ci mancherebbe altro. E allora adesso voglio che tu sappia anche questo: i loro stessi nomi di battaglia, glieli ho indotti io. Per questo non ti dirò i loro nomi veri all'anagrafe: perché è come se in qualche modo li avessi fatti nascere e battezzati io. Che non sono il loro creatore, attent@! Perché nulla si crea dal nulla, questo almeno dovresti saperlo; sono invece, a tutti gli effetti, il loro... demiurgo. Ecco.

E già che ci siamo allora, allora chiariamoci subito un'altra cosa, se è questo che stai pensando: io non sono neppure chi tu credi io sia, ora. Perché sarebbe troppo facile: e posto che a te freghi svogliatamente qualcosa di me adesso (possibile) più o meno come potrei a mia volta essere interessato io a chi in realtà sei tu (probabile, mia curiosità naturale, ma tieni presente che in qualche caso potrei anche già saperlo di mio), resta il fatto che non ci siamo presentati. Ma non ne varrebbe la pena: credimi. E poi, al di là di tutto, buona norma comunque non attirare mai troppo la mia attenzione: non sai mai se alla fine ti conviene o no.

E allora, tanto per capirci e chiudere: se gli Eartherranean non li ho creati io ma li ho in qualche modo, diciamo così, cresciuti catalizzati acc(r)occhiati trasportati io fin qua, vero è altrettanto che sia la pandemia che il casino dei biglietti pandemici quelli sì che li ho creati io, l'una e l'altro, e forse adesso ci arrivi. Quello che hanno fatto, stanno facendo e faranno i ragazzi rientra nel loro libero arb... cazzi loro, io non c'entro, mi pare chiaro. E neppure coi Genesis c'entro più di tanto, quelli a vicende alterne c'erano, ci sono stati e presumibilmente ci saranno nel bene e nel male. E quindi... forse potrai farti un'idea di me se magari hai letto il

Silmarillion, ma non è neppure proprio così: né per te né per me, spero. Insomma, per ora puoi chiamarmi **Mr Barrett**, che un pochino rende l'idea, non so se mi spiego. E adesso, torniamo per davvero a noi: anzi a loro.

DISSOLVENZE

Voglio. Voglio e non posso.

Si dice Polo mentre corre e sgambetta in vaga direzione Dub-lin, anzi in direzione Forbidden. Mentre gli risale violentemente alla gola il sapore agrodolce di tutti gli intingoli sbafati al Mongolian. Vorrebbe incazzarsi e gridare che è lui la causa di tutto: di tutti i guai suoi, almeno, quelli che adesso ritrova tutti insieme in sé stesso a tormentarlo. E vede la sua vita come un lungo mefitico sonno, penato in un letto gelato dall'alba dal quale non riesce ad alzarsi. Ha inghiottito qualcos'altro, oltre alla cena? Ovviamente sì: perdonami se ho sorvolato, prima, su questo dettaglio, ma l'hai capito ormai che i nostri girano sempre ben riforniti. Forse a questo punto vale la pena di ascoltare cosa va biascicando in giro.

- Lasciatemi andare. Io... non sono qui, sono lontano mille miglia da qui, e questa paura che... mi scorre addosso e mi bagna dalle punte delle vostre dita io non la voglio, non è la mia, non la voglio, lasciatemi andare, lasciatemi libero, lasciatemi solo, io ci voglio arrivare, e con voi tra le palle mica lo so, se ce la farò o no. E poi, non voglio sentire più freddo... e fate attenzione anche voi, perché.... perché... quando il manto del gelo che ho dentro svanirà, lo stesso male che irradiate vi avrà perduti per sempre. E io allora sarò finalmente via di qui, anzi guarda, io qui non ci sono mai stato, io vengo da lontano e là voglio tornare... lasciami... non mi toccare... lasciami andare... lasciami!

Niente paura, è tutto sotto controllo, o almeno quasi. Sapete com'è: in effetti, piovere piove, freddo fa freddo, e quanto al resto, è un momento... così.

Ma intanto, mi sa che devo aver saltato anche qualche altro intermezzo tossico. Può essere... perché l'altro, M'sieu, intendo, almeno stando a quel che gli risponde – sempre se li sente e capisce, i drogoloqui di Polo – non è che sia messo granché meglio, anzi. O forse non è niente di tutti questi rinforzi chimici, forse sono io – ricordi? Mr Caos, Mr Barrett se vuoi – o forse dicevo sono io che lavoro bene... come dici? Che non mi vedi? Ah no? Dài, guarda bene, ora sono quel vecchietto che balla la riverdance: prima ero su ad O'Connell, e adesso sono qua, ho appena svoltato da **Duke Lane Upper** costeggiando il **Lemon & Duke Cocktail Bar,** e ora faccio il mio ingresso in Grafton Street, risalendo fino ad altezza **Bewley's Oriental Cafés Ltd.**: e tutto questo ti dice qualcosa? Che sono un buongustaio, certo: ma io... voglio solo godermi lo spettacolo, e farlo vedere anche a te. Senti un po' cosa gli sta dicendo, ora, a quello, il nostro... Principe Nero:

- Ti sembrerà strano, Polo, che io sia felice. E te lo voglio raccontare. Perché sai, io non ci credo a... a tutti quelli che... come dire? Arghhh... questi rintocchi che mi esplodono nel cranio... allora, la prima volta che la vidi fu a una festa, ero arrivato da poco in Italia e... ah, ecco, era solo una cometa, è passata, ma intanto sono tutto abbagl... senti, te lo voglio dire, com'è andata, e poi le conclusioni le trarrai tu, ok? Io la vidi e mi dissi... mi dissi.. ahhhh ancora! Che botta... peggio di quelle di prima, non ci ho visto più e sono caduto, aspettami... e aspettami, no?

(Polo) Ma quale aiuto... maledetto stregone da strapazzo... guarda come sei brutto... gli umori nefasti delle tue cattiverie che ti sgorgano dai pori... da quella pelle nera... malata... un animale... ecco cosa sei... un animale... e perciò noi ora siamo come... malati... io per esempio vorrei essere... un serpente... ma insomma voglio e non posso. Uffa ma si può sapere cosa ti ho fatto? Io avrei voluto... soltanto... andar via di qui... solo essere via di qui. E va bene: ti ucciderò altrove. Quando mi trasformerò... quando sarò... un serpente. Ma ora sono... una lama di coltello... luccico... brillo di luce mia... non mi sporcare con il tuo sangue!!! Come faccio a splendere poi... aiutami M'sieu... devo respirare, mi devo riscaldare al sole... al sole freddo di prima della fine. Che deve essere vicina ormai... perché non riesco più a muovermi... la mia coda è come... addormentata... sono malato del tuo stesso morbo... ti odio... maledetto... sono qui... sono qui.. a terra... nel fango... sono qui e ci resterò a torturarti... per l'eternità... lasciami andare... lasciami andare... la... scia... mi an...

Visto, che poesia? E non è tutto, senti qua:

(M'sieu) Forse era un segno del destino... ma come si fa a dirlo, in effetti in testa già da allora mi scoppiava sempre di tutto o quasi... ma mi resta tuttavia il dubbio che quel terribile toc toc interno non fosse altro che l'amplificazione del gioco ritmico dei suoi polpastrelli sul bicchiere; e sai, a me non è mai piaciuto trovarmi nei panni di un cilindro di vetro cavo e liscio, per di più impiastricciato di liquido odoroso e attaccaticcio. Ti può capitare di sentirti come... svuotato, e può non essere piacevole, bacio che accompagna l'operazione a parte. Alla fine, io sono un tipo fragile, e se non ci stai un po' attento potrei rompermi e frantumarmi per sempre, davvero. E insomma, per fartela breve, i rintocchi si attenuano un po', quando batto la testa al muro, ma fa male, eccome, se fa male... Poi, trovai questa scritta, marchiata a fuoco sul retro della porta d'ingresso.

Diceva...

(Polo) Diceva: sei impazzito e lo sai!
Ah aha ah ahah ah

(M'sieu) No, diceva, guarda me lo ricordo ancora, diceva

*L'allucinazione, il sogno,
la magia diventano realtà*

(Polo) Ah però.

(M'sieu) E l'allucinazione e va bene, ma... cazzo me ne faccio dell'allucinazione? A me la magia, mi serve, quella, ecco. E il mio bastone magico, sempre che funzioni, ora non ce l'ho, l'ho lasciato insieme agli strumenti, ai costumi e agli attrezzi di scena. Di tutto il resto, non so proprio che farmene... Dunque, dicevamo. Di lei. Di me, cioè. Mi sto pisciando addosso, ecco. Ma è tutto chiaro, però. Voglio dire, il perché di tutto questo. E va bene, lo ammetto, dormo male, ma non può essere: non vedo proprio da cosa mai dovrei essere agitato, eheheheeh eheh eh eh co' tutti 'sti... sedativi... ehe eh eh eh eh. Fatto sta che ho notato che da un po' di tempo in qua la gente non mi parla più troppo volentieri. Ah, ma fa niente: lo so, che non mi perdo granché. E poi c'è già tutto questo gran casino di scampanate a tenermi compagnia. E di che ragionavamo, allora, amico?

Del potere dell'amore, giusto? E lo so che vorresti averle vissute anche tu, vero, delle emozioni così. Dì la verità. Anche se però... ma porca puttana, il cranio qui mi balla di mezzo metro, qui va a finire che mi piscio addosso di nuovo! Sai, certe volte mi chiedo: che l'incantesimo voodoo di cui sono vittima non sia proprio una bambolina con la testina attaccata a una sveglia che squilla? Pensaci bene che non c'è altra spiegazione plausibile, a meno che io non sia drogato o matto marcio. E quand'anche fosse... questa mia sedicente pazzia potrebbe magari essere stata causata proprio da un incantesimo voodoo. E allora, che l'incantesimo si compia: prendetevi il mio cuore... cibatevene avidi, o schiantatelo sotto al tallone, se volete... ma sì, fate che cazzo volete... che cazzo volete...

pensiero prigioniero # 6:

IL QUADERNO DI LORD

Il quaderno doveva essere immacolato e perfetto, senza incertezze o sbavature né tantomeno - orrore! – cancellature.

Così avrebbe dovuto essere.

Ma nella pratica la regola veniva rispettata soltanto per la prima decina di pagine di ogni nuovo quaderno; poi, il consueto, ovvio degrado.

A meno che non fosse il quaderno della "bella". Ma di quelli, per fortuna, ne avevamo pochi, sepolcri inchiostrati com'erano.

Ci si teneva, al quaderno.

L'onta peggiore che poteva toccarti, l'accusa più umiliante che poteva venirti rivolta, era quella delle macchie di unto.

Perché poteva capitare insomma, e capitava eccome, di sbocconcellare o sgranocchiare qualcosa, durante il duro studio, oggi diremmo che fa parte della allegra routine studentesca, ci facciamo gli spot pubblicitari su, oggi, ma allora... allora ci voleva poco, a darti del bifolco, a farti sentire un laido, animalesco ignorante irrecuperabile zotico. Per una sola macchia di unto. E noi, noi la interiorizzavamo bene, quella gogna crudele: il quaderno alzato e rivolto verso la scolaresca ghignante, il dito puntato sulla macchia, gli sghignazzi scomposti, e un bifolco senza speranza ti ci sentivi davvero.

Ancora oggi, non mangio mai mentre scrivo, è una questione di stile e di qualità, per me.

O una formalità, non ricordo più bene, come dice Giovanni Lindo.

PENOMBRA

Lo sai già, no, che Gino e Bimba parlano: parlano come te e come me. Rimbelliti nei loro sogni. Che casualmente soltanto io, Mr Barrett, ho potuto e posso vedere e ascoltare. E sempre casualmente, potrei abilitare anche te. Tu non sei mai curios@? Io sempre. E allora vieni...

(Gino) E allora?
Silenzio.
(Gino) Allora? Non dici niente adesso?

Silenzio.

(Bimba) Io dico quello che dici tu.

(Gino) Che ci siamo ficcati nei guai da soli, allora!

Silenzio.

(Bimba) Ma fammi il piacere! Nei guai, ora... ci mancava solo la morale, adesso! Fammela, avanti, dài, su, coraggio, fammela...

Silenzio.

(Gino) Guardami. Guardami. Io sono quello che sei tu. Quello che vogliamo essere. Quello che finalmente possiamo essere.

(Bimba) Bell'affare abbiamo fatto! E adesso?

(Gino) Non dire che non ti avevo avvertito.

(Bimba) Ma io non voglio... essere così. Io non la voglio... questa vita.

(Gino) Ecco, appunto.

Silenzio.

(Gino) Siamo così, Bimba. Che ci piaccia o no.

Silenzio.

(Gino) E non dirmi che non lo sapevi. L'hai sempre saputo. E io... sono come sei tu. Cos'altro potrei mai essere?

(Bimba) Ma tu sei... tu... tu sei... tu non sei come me!

(Gino) E tu invece? Che cosa sei tu invece? Tu che ti senti tanto diversa da me... eh? In cosa siamo diversi alla fine?

(Bimba) Ci hanno ingannati tutti e due.

(Gino) No. Sei stata tu a illuderti, ingannando te stessa.

(Bimba) Avevi detto che avremmo potuto gestirlo!

(Gino) Certo. Ma io sono... io sono... un tamburo. Come quelli che suoni. Nient'altro che quello. Risuono delle energie che mi dai. E allora dimmi: ma sono davvero così... così... brutto?

Silenzio.

(Gino) Rispondi!

(Bimba) Lo sai che il tuo essere bello o brutto risiede negli occhi di chi di volta in volta ti osserva... a me non chiedere risposte che io non posso darti.

(Gino) Aiutami, almeno!

Silenzio.

(Gino) Aiutami...

Silenzio.

(Bimba) Rischiamo.

(Gino) Rischiamo... cosa?

(Bimba) Qualunque cosa. Sai che io non posso aiutarti, ma tu puoi aiutare te stesso... rischiamo.

(Gino) Tu sei pazza!

(Bimba) Ah sì, lo diventerò, se non lo facciamo.

(Gino) Ma... ma... ma... potrebbe essere la fine!

(Bimba) E la fine di cosa? La fine di questo... non inizio? Di questo aborto di vita alternativa che non ha mai preso forma né si sa se mai la prenderà? Facciamolo. Rischiamo. Rischiamo qualcosa una volta buona nella vita, rendiamola degna di essere vissuta! Dici che sarebbe la fine, dici... pensa invece a quello che potrebbe incominciare, bùttati, è un treno che non passerà due volte!

(Gino) Tu... parli e decidi per me...

Silenzio.

(Bimba) La tua vita sono anch'io. Dunque le mie decisioni non sono che l'ombra delle tue.

(Gino) Mi sento... confuso.

(Bimba) Devi. Essere confuso. Devi.

(Gino) E se... se crollasse tutto? Che faresti per me allora?

(Bomba) Crollerà tutto. Nulla. Lo sapevi. Lo sai. Che non posso far nulla. Quando succederà.

(Gino) Mi aiuterai?

Silenzio.

(Gino) Mi aiuterai?!?

(Bimba) No. Lo sai. Che non posso.

Silenzio.

(Gino) In bocca al lupo... allora.

CASTIGAMATTI & CO.

...ma sì, sì, che sono ancora io: ancora io, ma...

Certe volte – caro il mio Lord – ti svegli di soprassalto nel cuore della notte e, mentre ti giri e ti rigiri nel letto zuppo del tuo sudore, mediti in preda all'angoscia:

- Sarà mai giusto quello che faccio?

Ti chiedi scosso e sorpreso della tua stessa agitazione.

Poi finalmente, mentre ricordi e pensieri degli errori e delle debolezze passate e presenti ti riaffiorano alla mente turbinando tutti insieme – tanto che incominci a disperare di poterli più contenere e placare all'interno dell'esiguo spazio in cui ti forzi a costringerli – ti domandi in pasto al tuo piccolo folle panico:

- Ma come può esserci un senso in tutto questo?

Eppure resti più che certo di non essere stato né essere mai indispensabile a nulla e a nessuno... utile, sì, come no, come tutti, ma... il giorno che tu non ci fossi più non cambierebbe poi mica granché...

E non riesci ad allontanare del tutto il dubbio... mai... neppure per un attimo... e questo perché da qualche parte giù nel profondo della tua anima tu hai letto – e ricordi bene – che inevitabilmente una volta o l'altra Loro verranno, verranno e tu renderai Loro conto senza alcuna indulgenza o pietà dalla prima all'ultima delle tue squallide piccole bassezze, dalla prima all'ultima di tutte le minime innominabili sconcezze che da sempre hai coltivato e sparso dentro e fuori di te...

Castigamatti. Così li hai battezzati quasi affettuosamente, nel vano tentativo di esorcizzarLi (in effetti avresti quasi voglia di invocarLi per liberarti) perché sai bene che non verranno solo per te, perché sai bene che come te Li teme e Li attende un intero popolo di omuncoli disperati e tremanti: ladri, assassini, maniaci, traditori, bugiardi, usurai... ma sai bene anche che quel tremendo giorno sarà per te ben peggiore che per tutti loro. Tu che a differenza di loro non hai mai avuto neppure la dignità di desiderare, di osare, di lottare... neanche quella di soffrire... neanche quella. E allora avrai tutto il tempo di patirli, i tormenti infiniti dei quali la tua ignavia ti sarà stata causa.

È proprio per questo che li hai cercati, no?

Gli Altri, intendo.

Non fanno altro che ripetere che la vita di un uomo non si può mica giudicare e condannare da quanto di bello o di brutto, di giusto o di infame, di buono o cattivo essa abbia comportato, non dalla somma algebrica degli effetti delle azioni o inazioni commesse, che ciò che davvero conta alla fine è il bene che ciascuno di noi custodisce dentro di sé, e questo in modo del tutto indipendente dal contesto e da quanto di questo bene possa nel contesto diffondersi agli altri, che quello che vale al di là di tutto è la tensione alla solidarietà umana... ma certo che il castigo verrà, solo che colpirà gli egoisti e chi non ha avuto considerazione dei suoi simili, chi li avrà schiacciati per i propri fini... non te, tu non hai nulla da temere quindi.

Ti ingannano!

E neppure troppo raffinatamente... ma non lo senti, come puzza, il marciume di cui sono fatti? Parassiti schifosi... ma se sono proprio loro i primi a usarti, nell'inutile conato di scamparsi le punizioni sacrosante che si sono guadagnate in biechi lustri dei loro sporchi traffici, indecentemente mascherati da falsi pietismi... sono proprio loro la preda principe di noi Castigamatti, e a poco o nulla loro servirà frapporti come scudo umano, nella speranza di venire risparmiato. Eh caro mio, ma cosa pretendevi mai, correttezza e rispetto da quel lerciume malamente dipinto... via, ora non dirmi che non lo sapevi... che la tua esposizione, e quella di tanti altri allocchi come te, facesse parte del loro progetto di salvarsi sacrificando voi. Venire a patti con quel tipo di gente è... cavar sangue dalle rape. Rispetto degli impegni presi... da Quelli là... bah. Ora sì che l'hai commesso, caro il mio Mister Ingenuo, un imperdonabile errore... E magari ti sarai fatto incantare proprio dai soliti vecchi e abusati optionals, della serie benessere e felicità per capirci... mi viene da ridere solo a pensarci. Anzi no, mi fa rabbia, quanto tu possa essere stato idiota a cascarci. Sei forse felice oggi? Speri ancora di poterlo diventare un domani? Povero illuso... strisciare come un verme implorando l'impossibile pietà di due orde sanguinarie: eccola qua, la sospirata felicità che hai rincorso, è tutta tua, goditela e tante felicitazioni!

E così adesso chiedi comprensione... sollevi argomenti, adduci giustificazioni.

Non che tu ti sia mostrato molto sensibile sinora. Se non verso te stesso. Quanto al resto del mondo, odio e livore, se non peggio: indifferenza. E adesso... proprio quella mediocrità che tanto hai amato nel corso della tua povera grigia vitucola tempestata di brillantini falsi ti si ritorce ahimè contro, e te la senti sul collo come una ghigliottina pronta a calare.

Io, dici?
Non sono mica come chi già hai conosciuto, né gli Uni né gli Altri.

Sono davvero molto più forte e potente.

Così forte, così potente che, pensa un po' te, non ho alcun bisogno di un tuo nuovo voltagabbana. Che tornaconto potrei mai averne? Sarebbe il terzo, e mi fai già abbastanza schifo così...

Ma bada bene, questo non vuol affatto dire che io non intenda usarti a mia volta. Ci tengo a che tu lo sappia da subito, però: non ti offrirò nulla in cambio, semplicemente perché non ho voglia di offrirti nulla. Dovrai essermi schiavo per niente. A proposito: lo sapevi che questa città era il primo e più grande grande **mercato di schiavi vichingo** delle isole britanniche? Fattelo rispiegare al museo di **Dublinia**, accanto alla cattedrale: ti ho visto, cosa credi, quando ci sei stato stamani. Sempre se ti darò mai il permesso di tornarci, e considerato che non ho ancora alcuna intenzione di venderti, almeno per il momento. E lo so che è uno strano modo di stringere patti, ah ma sei libero di preferirmi le alternative che sai... anche se non credo proprio che riusciresti a renderti la pillola meno amara, con quelle!

E ancora – nel caso decisamente improbabile tu ne fossi sinceramente curioso – ci tengo per chiudere a precisarti che non ho alcuna intenzione di metterti a parte dei miei progetti: sarebbe fiato e fatica sprecata per le tue logiche piccine, e mica sei all'altezza di poterli conoscere, tu, perché tu, tu l'unica cosa che capisci è la frusta, e la mia, te lo posso assicurare, è di quelle belle dolorose... allora, sei pronto? Finalmente gli eventi si compiono, vengono al pettine senza alcuna logica peggio di quanto non sia stato fino a stasera: e credimi, mai come a partire da ora sarai consapevole della gabbia che ti si stringe addosso... signore e signori, la notte è incominciata! Davvero non volete venire a vedere cosa sta già succedendo?

BEDLAM

*I tried to ask what game this was
but knew I would not play it: the voice,
as one, as no one, came to me....*

*Don't ask us for an answer now,
it's far too late to bow to that convention.
What course is there left but to die?*

*What cause is there left but to die
in searching of something we're really not too sure of?
What cause is there left but to die?
I really don't know why.*

*Yes, I know it's out of control, out of control:
greasy machinery slides on the rails,
young minds and bodies on steel spokes impaled.
Cogs tearing bones, cogs tearing bones;
iron-throated monsters are forcing the screams,
mind and machinery box press the dreams.*

Peter Hammill, Lemmings

UPPER BEDLAM

Abacab, punto di non ritorno: come volevasi dimostrare. Avvisaglie su avvisaglie, ma non c'è stato verso... e mentre tutto il tendone sembra vibrare in un terremoto sonoro, la Bimba è lì, a lato del palco, a tirare calcioni in testa con gli stivalacci a una torma di tossici poganti non paganti che, dopo di aver sfondato per entrare, hanno aggirato lateralmente il pubblico – o quel che di comprensibile rimaneva, del pubblico – per arrivare sotto al palco e cercare di arrampicarcisi.

E il tutto ha un effetto come di preordinato, e i calci e la rissa sembrano una danza macabra e isterica, mentre M'sieu urla in cima al mucchio di fans che lo ha raggiunto e sui quali è salito, brandendo il bastone juju che appena pochi secondi prima ha usato con perizia per martellare e piegare teste e musi.

Non era cominciata proprio così, ma sai com'è, difficile trovare un suo senso alla **world music**, se non zompi e balli. E una volta zompati e ballati, la voglia di rompere tutto ti viene, e mica solo a M'sieu, capita. La tentazione di farne una nuova **Altamont** adesso ce l'hanno tutti: pure quei pesci lessi dei fans del prog, pure la Bimba quando se ne va on fire, **Bimba's on fire**, e non so se mi spiego. Pure Lord: come credi che sia cresciuto, Lord? Musicalmente, voglio dire: ma col **solo live di Hammond** di **Highway Star**, no? Embè, e a te non ti fa venire voglia di spaccare tutto, quello? Per quello avevano pensato di riservarsela per il bis. E invece. E quindi. C'è poco da fare. L'anima del rock è quella, hai voglia di mascherarla sotto al **Musical Box**, al musical prog, di far finta di **danzare con Cavalier Luce di Luna**... ma ora basta, torniamo in scena.

E la scena è selvaggia. M'sieu ci è abituato, e i suoi assalitori anche; puro affetto di neofans, tu dirai, ma chissà, ma anche no. Gino, che si è calato sulla folla, forse più per saggiare una via di fuga che per abbracciarla, ha appena concluso il primo crowdcrawl della sua carriera atterrando clamorosamente sul pavimento dopo di essere stato scansato da una bella concentrazione di ubriachi dublinesi; che poi non si sono mica fatti tanti problemi a pestarlo e calpestarlo senza neppure riconoscerlo. O invece forse sì, forse lo hanno riconosciuto e ci hanno camminato deliberatamente sopra. Ad ogni modo, a salvarlo interviene il nostro solito Principe Nero che, roteando il bianco degli occhi e dei denti, bestemmia, bastone in pugno, in tre o quattro dialetti veicolari africani insieme; e il risultato, credimi, fa paura davvero. Intanto, per quel che conta e che può interessare, la musica va e va e va e continua ad andare, perché è Lord a farla andare, l'unico che non ha ancora perso la testa, forse proprio perché testa non ne ha, memoria non ne ha: e se ne sta lì svanito, sballato, ubriaco estatico a disegnare ghirigori di suono nell'aria, o per meglio dire a tirar fuori dalla batteria e dall'Hammond tuoni, rombi, cigolii assordanti a prova del suo udito debole; fragori che, mentre tutto si sfalda inesorabilmente, colmano l'aria scura dando l'illusione che il concerto continui, che porti artisticamente da qualche parte, e corri e dài e pesta sui tasti e i tamburi e i coltelli e la musica cresce e... tenda e sostegni tremano forte, e sarà il vento, e la pioggia, un *trompe l'oeil* come un altro; e invece e invece e invece... porca puttana, ma adesso il telone si sta abbassando! Lento, veloce, lento, Lord non sa dirlo ora, ma... ora che quasi gli lambisce il cranio, e c'è un ingombrante puzzo di metallo fumante... attrito da crollo? No no no no fiamme vere! Scusa, ma non aveva incendiata la chitarra Gino prima? Se la guardava e se la rideva, sghignazzava beato... cazzo ma qua c'è poco da ridere, qua sta bruciando tutto! Eppure, Lord non direbbe che l'aria è rovente, no, l'aria è quasi... fredda... meno male, buon segno...

FREDDO

E in tutto questo, Polo è là, **berimbau** imbracciato e archetto percussivo nella mano. Fermo immobile. Parliamoci chiaro, un po' troppo fermo. Parliamoci ancora più chiaro: c'è, ma, per capirci, tu fai come se non ci fosse più. E naturalmente vorrai sapere dov'è andato. E vabbè, proviamoci. Ma sempre a patto di riuscirci, a raggiungerlo, lontano com'è.

Tanto per cominciare, noi non lo vediamo tremare; eppure, nonostante l'atmosfera si sia fatta comprensibilmente e pericolosamente incandescente, Polo ha freddo. Per quanto gli consta, lunghi brividi lo percorrono, e fitte che si vive nella schiena. Vorrebbe tornare, ma non ricorda dove e da dove. E continua a ripetersi che è solo una questione di tempo, che presto il freddo finirà. Perché in realtà non vuole neppure pensarci, a quello che potrebbe essere dopo, non vuole neppure provare ad immaginare cosa sarà di lui, quando quella volta buia si squarcerà per lasciar filtrare la luce gelida dei lampi e dell'uragano là fuori. Questo è quello che sente, nel suo sé catatonico, dove gli farebbe sicuramente molto comodo uno specchio, per riconoscersi, e soprattutto delle mani, per sbrogliarsela. Ma non ne ha, mani a disposizione: perché nel suo incubo personale le sue mani sono sempre impegnate con corde e pistoni.

Bel guaio, gli viene da pensare, mentre crolla percorso da brividi isterici, e il berimbau rotola giù lontano, e finisce inghiottito e smembrato dall'orda. No, no, non il fuoco. Quello, non lo sente neppure, e infatti sta morendo di freddo. Bel guaio lei, vuole dire. Gli sembra di vederla. China su di lui che gli accarezza la fronte, e gli occhi le si bagnano di lacrime, e il velo delle lacrime riflette i suoi minuscoli guizzi di gioia. Gioia improvvisa che assale Polo a piccoli fulmini, che lui, riverso a terra dov'è o dove potrebbe trovarsi, immagazzina come frecce nel carniere, paggio devoto di Diana cacciatrice. È ingrassata un pochino. Ovvio. Ma resta la Bimba di sempre: Bimba per sempre, quella che Polo ha sempre... ora gli sorride accarezzandogli la barba spruzzata di peli rossicci. E Polo non ce l'ha, la barba, o perlomeno fino ad oggi non sapeva di averla.

Fuori da loro due, le voci intorno si fanno più assordanti, al punto da sovrastare la (non) musica di strumenti, tuoni e fiamme. Polo zittisce tutto con un gesto immaginato del braccio, e finalmente capisce: è diventato... una marionetta di legno... un rivoletto di sangue gli cola dai polsi bucati mentre si asciuga la bava col dorso delle manine screpolate e si fa quasi schifo... pena... disgusto... nella sua pantomima di dolore. E mentre le voci ora mute le concedono indisturbata l'ennesima replica della sua scena madre, all'improvviso lei torna, ben diretta e ben interpretata come sempre, torna e si estende e si gonfia fino a comprimere tutto il vuoto a disposizione... di più... sempre di più... enorme... alta... enfia... metri e metri di tumidume... la sua bocca... immensa... spalancata... il fetore del suo alito... Polo intravede il fondo delle fauci... e lo sta... inghiottendo?! Ulcerato dai succhi gastrici, che gli fanno bruciare pelle e occhi, Polo si immerge rassegnato e felice nella palude acida dei resti del pranzo al chippie, e in essa precipita e scompare, mentre le pareti dell'esofago di Bimba in alto si allontanano e...

- Ma l'avete visto che non respira, che sta morendo?!?

Gesticola disperata la Bimba, ma in quell'inferno tutti fanno gesti scomposti, chi vuoi che la veda. E allora cerca i suoi occhi sbarrati, per parlare con lui; lui almeno forse la capirà. *Devi farcela da solo Polo, qui nessuno di noi ti può aiutare...* ma del fatto che Polo abbia davvero ancora bisogno di aiuto, Bimba non è più mica tanto sicura. Per quel che ne sa – e per sua sfortuna di queste cose ne sa abbastanza, la Bimba – quel sorriso fermo e quegli occhi sgranati nel vuoto potrebbero voler dire altro: che forse Polo ha trovato quel che cercava, laggiù o lassù, che forse è venuto il momento di lasciarlo andare. Le è già capitato con altri, di salutarli così, ma il problema adesso è che non c'è il tempo di salutare, non c'è più il tempo di fare niente. Solo quello di scappare via. E se ormai non è più possibile farlo dall'ingresso principale, un'uscita di sicurezza, almeno per lei, quella c'è sempre. Per lei e per Gino. Il fumo bianco è irrespirabile, la vibrazione confusa generata dal ventaccio, dagli scrosci e dalla pseudomusica (*Lord, eccheccazzo!*) fisicamente insostenibile. E infatti Bimba molla, perde i sensi. Ma dov'è, Gino? Ah, eccolo. Non se n'era accorta, che fosse proprio lì accanto a lei...

GATTO E CHIOCCIOLA

(Gino) Se... mi ricordo... se mi ricordo di noi, amore? Ma certo che me ne ricordo. Mi ricordo di... praticamente ogni cosa di come eravamo. E mi ricordo anche che... il gentiluomo non parla di certe cose. Per quanto piacevole e intrigante possa restarne il ricordo. E sono sicuro che è così anche per te. Eh, gentildonna? E ma certo, che mi ricordo pure di quando... di quando è successo. Certo che me lo ricordo. Me lo ricordo come se... come se fosse ieri. E come potrei mai dimenticarmene? Purtroppo.

(Bimba) No, no, questo io non me lo ricordo. Giuro che no. Forse perché... forse perché non è andata proprio così. Pensaci. No, ti ripeto che proprio non me ne ricordo, e quand'anche fosse... come puoi esserne davvero sicuro? Te l'ho detto, che la memoria fa brutti scherzi, maestro mio. E non vorrei che a te avesse fatto quello di... farti confondere la realtà con i tuoi sogni ed i tuoi desideri. Ma adesso basta però, io non so più cosa dire, come farti cambiare idea; io so solo che... la gentildonna non parla di certe cose. E neppure il gentiluomo.

(Gino)
Io.
Tu.
Il mio potere su di te.
Ti vedo. Ti guardo.
Ti tocco. Ti muovi.
Il tuo ventre nudo compie un lungo giro, mentre ti accosti da gatta vezzosa. E sei di nuovo immobile.
Le mie dita sul tuo mento, in un breve fugace contatto.

E rovesci il viso in uno schiaffo violento. Ora torni a fissarmi.

Sono o non sono il padrone?

E allora raggomitolati, mia piccola chiocciola, se ti sfioro le spalle.

Piano... quasi voluttuosamente... poi tesa in uno scatto. Ferma così. Sono io a tenere i fili, li tiro e ti scomponi, sussultando, vibrando impercettibile o ondeggiando ampia, di volta in volta.

Ma non c'è accusa sulla tua fronte, solo gratitudine. Gratitudine della mia marionetta di un giorno. Specchio del mio volere, quadro delle mie potenze, immagine vivente e scolpita di ogni mio desiderio di un attimo.

(respiro e assaporo le tue sottomissioni)

(Bimba) Tu mi insegni: non esiste che il tempo, e lo spazio che lo contiene. Sembrava quasi vero, quando me lo dicevi. E che peccato adesso, non poter venire dove mi stai invitando. E lo so che probabilmente non mi perdonerai per questo, mentre ballo e mi osservi affascinato. La mia piccola danza letale ti chiama e ti dice di

raggiungermi, ma il fatto è che... troppa storia ci separa. Domani mi odierai, lo so. Docilmente mi ci candido. So che ti piace vedermi ballare, con quel che di malsano che ho nelle anche. E negli occhi. Nelle guance, nelle linee del collo e del seno. Sono vischiosa come una fetta di pizza farcita di formaggio filante attaccaticcio. Sono io. Ed è proprio questo trancio di pizza al pomodoro a dividerci. Ecco, ci sta per crollare addosso, le spire del formaggio fuso ci avvolgono soffocandoci, e all'improvviso capisco. Che cosa può mai esserci di peggio di un ragnetto innamorato? Le sue tele sanno del canto pulito degli uccelli nei boschi e contemporaneamente di pasta unta di rosticceria... e una sua semplice buonanotte può essere sufficiente a svellerti entrambi i tergicristalli dell'auto.

(Gino) Succede perché tutte le luci ronzano, non lo sapevi? Ma non mi pare il caso di buttarmi le braccia al collo soltanto per questo. I battiti del mio cuore, lo sai, rallentano quando mi affondi le dita nelle tempie... e se il tuo odio di domani sarà il

prezzo del mio ossigeno di oggi... bene, lo pagherò. Tu però non fissarmi così... no. Chiunque altro ma non me, ti prego. Io che riesco a star male soltanto guardando in fondo al viale alberato... figuriamoci.

(Bimba) ...e poi, all'improvviso, ho dimenticato il mio nome. E oggi non sono che un impulso, che emerge a onde dall'interno di me, e si esplica e si fa riconoscere. E poi ancora: respiro, ed è il mio turno. Sono tua. Un tuo gesto e io devo: materializzo le tue minime crudeltà. Mi vedi? Puoi osservarmi e nutrirti. Non sono che un nulla ligneo, ora che i miei poteri sono scomparsi nel busto che mi contorci con tocchi sapienti. La tua serva di legno... tu il mio. La mia testa che rotea all'indietro, si ferma e ti vedo: fremi leggero. Forse non ritornerò mai. Tutto sommato è da te che dipende. Sono pronta. Ti ubbidirò se mi tocchi. E tu perdonami, se puoi, lo so che... ero sbagliata. Io, tu, noi, il prima... tutto sbagliato, ma sì, meglio cancellare e resettare tutto, finché ancora si può. La guerra... lasciamola al Cavaliere Nero... al

Principe Nero, che ancora combatte là fuori per la sua vita.

LOWER BEDLAM

Checché possa pensarne la Bimba semisvenuta che si intrattiene in conversaz/visione con lui, Gino nel casino è capitombolato sotto al palco e... non è più risalito. Non si sta male lì, almeno mazzate non ne prendi, ma... le assi su tremano davvero un pochino troppo e... crrrraaaaaack!!! Ecco, hanno ceduto. E un gran groviglio di fans è crollato davanti a Gino, spargendosi e srotolandosi in giro, gridando, sputando, gemendo, mordendo. Uno sta urlando in italiano:

Madonna e come stooooo!!!!! Madonna e come stoooooooo!!! Ma non è un fan: è M'sieu, diamine, non si era mai visto così, il Principe. E con gli umani sono arrivate quaggiù anche le fiamme, qualcuno di loro brucia e ronza e sparge fuoco, e il fuoco si attacca, il fumo si diffonde, l'aria è poca e brutta, qua sotto. Gino incomincia a spingere il telo di copertura del basamento della struttura, ma è bello teso, non cede, non si rompe, tela incerata spessa e... incerata? Dalla prima lingua ardente che gli guizza in faccia, Gino capisce che dovrà correre, saltare, correre e saltare come un leone, come i leoni che M'sieu non ha mai visto, a casa sua in Africa, M'sieu che li ha visti solo allo zoo in Italia e che ora urla a Gino: saltaaaaa! E vuole dire: salta tra le fiamme! Miracolosamente comparso al suo fianco scalzo, stracciato e bruciacchiato, gli suggerisce la prima e la sola soluzione da guitto che sa immaginare: saltaaaaaaaaa! E l'aria è già irrespirabile, e le masse del mostro multiuomo acefalo venuto a sentirli per inghiottirli incombono come una nemesi: come una vendetta autocostruita per distruggere l'ordine costituito e minare le loro stesse vite, povere vite di artisti sballati sfigati trombati senza chance neanche nella morte, senza chance neppure dopo la delusione dell'effimero successo. Niente è gratis, si dice Gino; mentre, da su, la Bimba svenuta, pesta e illividita, afferrata per una gamba da sotto la gonna stracciata (le bacchette spezzate le spuntano ancora dagli stivali, e il rasoio... beh, è evidente che non ce l'ha, il rasoio, che era solo una leggenda, altrimenti l'avrebbe già tirato fuori finché poteva) viene strattonata e trascinata di qua e di là finendo a rotolare inerte come una cimice dentro un bicchiere in pasto al mostro che si allarga sempre di più. E mentre il suo corpo inanimato non può che arrendersi alla marea umana che monta inesorabile e la travolge, quelli peggio, peggio di peggio e continuano, e non c'è un senso nelle loro testine idiote, non si capisce se è affetto esaltazione obnubilamento o altro o niente, vuoto di tempo e mentale prima della fine. Gino intravede Bimba a terra, e ride del suo riso nervoso e automatico mentre le cerca e le stringe la mano, ma lei non può portarlo più da nessuna altra parte, anzi è lui a chiederle con lo sguardo di portarlo fuori da quell'inferno, e poi tutto è buio, buio bollente e fumante di brace, e nel buio lui la sente vicina, la Bimba, e non la lascia, mentre la mandria corre senza meta, ogni cambio di direzione un colpo, e fanno male, ma non tutti, solo se non ti rialzi. Sopra di loro, un confuso calpestio di scarpe e abbracci dal peso insopportabile, alle spalle rovine di tubi e legname, in aria cenere e scintille, e cavi elettrici guizzanti come fruste dagli sprazzi letali: colpiscono, fulminano e balzano a colpire altrove, e i fulminati raggiungono la loro nuova esistenza di Arlecchini impazziti mossi a scatti dal fluido mortale, immortalati in una danza plastica di movimenti e tremiti involontari che preludono al rogo interno. Eppure sembrano, sono vivi, diresti che sono proprio loro quelli con più chance di salvarsi e di farcela, a scapito del prossimo, tutto sommato persino ora potrebbe bastare una messa a terra per fare la differenza. Ma questo, ma tutte queste cose, Gino, Polo e Bimba non tutte le mettono a fuoco – al fuoco! - e anzi ora non possono neppure più immaginarle e pensarle, nell'intrico crepitante del sottopalco crollato e infiammato di cortocircuiti. Fuori, il temporale fa il suo corso, così bene che un intero lembo del tendone si è strappato e sventola in cielo, e giù scrosci dall'alto, che al contatto coi cavi scoperti si polarizzano e schizzano morte in giro, e altra acqua.

Ah, ma c'è anche chi la morte nell'acqua la sta guardando in faccia. Di nuovo, dopo di averla già vista una volta, al largo di Lampedusa.

PASSIONE

Crocifisso su tubi Innocenti, riverso braccia spalancate e gambe spalancate su montagnole di cavi arrotolati e di assi spezzate, M'sieu contempla tra i lampi la scena madre della sua fine. Segue con lo sguardo la mandria bramire, ricevendone in cambio spruzzi di fanghiglia in viso, mentre i miasmi densi e caldi della plastica impolverata che brucia gli afferrano i polmoni nella loro morsa bituminosa. Proprio ora che l'effetto dell'anestetico erbaceo è da poco finito.

E poi piove. Certo, anche lì sotto. E la pioggia gli infradicia e ghiaccia capelli e grumi di sangue rappreso, bruciando del suo gelo ogni centimetro della sua lucida pelle nera, livida e dolente sotto gli abiti leggeri inzuppati.

Non sa se sarà meglio, quando smetterà di piovere. Non sa come sarà, dopo questa notte trascorsa in croce abbagliato dai pochi riflettori rimasti accesi, non sa che potrà essere di lui, quando si sarà prosciugata l'ultima stilla di umido, e riarse le labbra spaccate dai pugni.

A proposito di labbra e di bocca: continua a sputare denti e sangue, tanto che terminerà presto gli uni e l'altro. A giudicare dallo stato in cui si ritrova, devono essergli più o meno passati sopra. Ah mica l'ha capito, il perché, non sempre riusciva a comprendere tutto quello che gli urlavano contro, riesce solo a immaginare forse una qualche storia di donne... mica quella lì, la bimbina piccolina peperina? Però adesso non lo sa, non ricorda più bene, non riesce proprio a ricostruire, gli è rimasta solo l'impressione che si tratti di una faccenda accaduta addirittura molto prima che lui nascesse – si incarnasse – per loro. E mentre trascorrono lenti i minuti, ritmati dalle fitte della sua milza in pezzi, mentre i suoi femori rotti inviano, lenti e implacabili, i loro atroci e ostinati segnali d'allarme ai suoi centri nervosi, principe M'sieu fissa l'orizzonte dell'ammasso di corpi e materie infranti, ne analizza particolari e rugosità, ivi comprese le venature del vetro rotto della lente superstite dei suoi occhialoni alla Spike Lee. Ruotato di centottanta gradi, riesce comunque a leggere quello che si ritrova davanti. Su una cassa di legno c'è scritto, vernice spray nera a stencil, in strani e involuti caratteri similgotici: **LES LI** ons... i leoni! Sono venuti a prenderlo! Li ha sempre scansati in Africa, incrociati al circo in Italia, e adesso... con il disastro del temporale sono scappati da qui vicino, dal **Phoenix Park Dublin Zoo**, per vendicarsi e prenderselo. Il nonno al villaggio glielo diceva sempre, che anche se non le vedi mai, non c'è da abbassare la guardia con le belve, né con i bianchi che sono uguali. E lui che aveva sempre pensato fosse semplice paraculaggine senile. Ma adesso non lo sa più, se era paraculo o se invece aveva ragione, il nonno. Del resto, non ha mai neppure davvero ben capito se quello era per davvero suo nonno o suo zio o un altro vecchio qualunque. Ma un'altra cosa, quella sì, la sa. E se la ripete bene in mente, prima che cali anche per lui il sipario. Qualcosa che ha a che fare invece col suo Vero Padre. E gli dice:

- Sono Tuo figlio, non te ne sarai dimenticato?
Era venerdì, e si sono accaniti su di me in tanti: ciò che resta della mia povera vita è ora qui legato, inchiodato qui a queste sbarre.
Perdonali, Padre, non sanno quello che fanno... e va bene. Io però lo so, quello che mi hanno fatto. Per loro. Per loro avrò un corpo nuovo... frattanto, questo è il corpo che mi ritrovo, offerto in sacrificio per voi. Ecco. Prendete e mangiatene tutti. Questo è il mio sangue. Bevetene tutti.

Perdonali. Ho sete. Non c'è nessuno a darmi da bere. Buon per loro. Chiunque lo facesse – lo giuro

– sarebbe oggi stesso con me nel Regno dei Cieli. E come potete vedere non è una prospettiva esaltante.

Vi odio. Vi odio tutti. Quello che avete fatto a ognuno di questi miei fratelli e sorelle – sappiatelo – lo avete fatto a me. Quanto poi a quello che siete stati capaci di fare direttamente a me... lasciamo perdere, che l'Ora si compia e... Padre, perché mi hai abbandonato?

Misteri del monoteismo: mi credevi musulmano, vero, Abba? E invece... a quando il coma, Padre?

E mentre si compie la Santa Ora di M'sieu, Lord è anche lui là da qualche parte, perso in qualche suo malinconico sogno esotico, in cui si barcamena sperando che non abbia fine tanto presto... fine definitiva, almeno. E invece, anche qui...

SOGNO DI UNA MEZZA NOTTATA D'ESTATE, CON CONTORNO DI VITELLA ALLE PRUGNE, PSEUDOGANGSTER E VERO CATARRO

...un altro po' di vitella? E se tu la condissi con quella salsina di prugne... dddeliziosa!!!

Ancora un po' e Lord scoppierà, visto che è già pieno da scoppiare. Ancora un po' ed esploderà allagando la sala di lenticchie semidigerite miste a bolo di grasso di maiale bollito, rimasugli di imbottitura di ravioli a base di ricotta e prezzemolo, poltiglia di pomodori ripieni di noci triturate e brandelli unti di melanzane arrosto: il tutto diluito in una soluzione densa di sugo di carne e vini dolci. Ce ne sarebbe abbastanza per affogarli tutti, e non siamo neanche a metà pranzo: si salverebbe in questo modo dai proiettili di dolce allo zabaglione, dalle schegge di cioccolato e dalle docce di spumante cattivo.

Imboccato dalle occhiate tenere e raggianti dei suoi ospiti, ingolla d'imperio un altro paio di bocconi di vitella inzaccherata di quella rivoltante marmellata tiepida, innaffiandoli con l'ennesimo bicchierozzo di vino forte. A ben pensarci, tutto qui ispira rigetto. A cominciare proprio da quel pazzesco arredamento da incubo (...incubo?): quattro centrini ai quattro angoli di ogni tavolo, su ogni centrino una bottiglia alternata a un vasetto di viole, una foglia di edera in ogni riquadro di ogni finestra attraversato da un gambo di quei tralci maledetti, e materiale alimentare ovunque.

Manca lo spazio per l'ossigeno. È quel sorriso invadente stampato sulle labbra della padrona di casa ad averlo ingoiato tutto. E a Lord non resta che altra vitella alla salsa di prugne.

Lei invece continua a fissarlo dall'altro lato della tavola: li hanno presentati ormai quasi due ore fa, e quindi Lord immagina che la lunga, laboriosa operazione di spogliarlo con gli occhi sia oramai quasi terminata. Bene, sono nudo, pensa. Come il Bambin Gesù nella grotta, tra qualche settimana. O è oggi?

E ovviamente, non si ricorda da dove viene. L'unica cosa che riesce a ricordare è che fuggiva dalla carestia e dalla fame e si è imbarcato su quella nave fortunata, la **Jeanie Johnston**, da **Cork**. E poi... e poi... in mare, nell'altro emisfero, e l'estate era inverno, ma caldo (l'indovino?), e poi Natale, e passare il Natale da soli li insospettisce... Così ha accettato il primo invito che gli è capitato, ed eccolo dalla padella nella brace. Ma alla vita ci tiene, Lord, almeno per oggi, e dunque un cenone, sia pure mefitico come questo, può ben valere un futuro... no?

Ieri sera, di ritorno dall'altra parte dello stretto, ha cenato in un ristorantino di quarta categoria. C'era il cadavere spappolato di uno scarafaggio nella carne all'aglio, e il cameriere gli ha burberamente imposto la sua ferma convinzione che si trattasse di un ciuffo di prezzemolo. La bottiglietta di vino che gli ha servito doveva contenere una buona dose di alcool puro, perché quando si è alzato per pagare non si reggeva in piedi. È stata una vera impresa ritrovare la strada della pensione, ed è inutile aggiungere che è piombato nel sonno come un sasso di cava.

Verso l'una, una megera sudicia ha sudiciamente spalancato la porta della sua sudicia cameretta, l'ha squadrato muta, e poi ha richiuso la porta senza entrare e senza proferire non dico scuse ma neanche un versaccio. Lord era così ubriaco che ha trovato soltanto la forza di spingere bestemmiando il chiavistello. Poi sonno di nuovo. E poi Loro. Erano arrivati.

Dopo aver malmenato e interrogato per un bel po' il poveraccio della stanza accanto, come nel riecheggiamento audio di una scena di gangster movie di un altro secolo (Lord poteva udirlo piangere e invocare pietà, mentre presagiva guai imminenti anche per sé) è incominciato il lugubre accanimento sulla maniglia della stanza di Lord.

E così, Lord si è barricato dentro con l'armadio. Battevano le nocche di là contro il muro, nella sceneggiata di ospiti desiderosi di quiete. Non potevano fare passi falsi, in una locanda piena nei vicoli affollati del porto.

E alle tre meno un quarto Lord ha preso la decisione di trascorrere il resto della notte sul balcone: le cimici del materasso che agonizzavano nel suo sudore gelato, e lui che aspettava l'alba per battersela. Loro non cacciano mai di giorno.

I marinai si erano da tempo ritirati con le prostitute, per strada non passava l'anima di un gatto. E quei tetri archi semicelati dalla nebbia lasciavano intuire dedali di viuzze identiche a quella stessa del suo punto di osservazione, identicamente ornate e tappate in alto da verande e balconcini superflui, fino alla cima della bassa collina che guarda il mare, dove in posti come questo ci sono ruderi e una chiesa. **Terra di Van Diemen**, o se preferisci, **Tasmania**: dove il mondo sembra finire. Ma povertà, rabbia e fame continuano.

In tutta la nottata trascorsa al balcone ha placidamente percepito una sola presenza: quella di un vecchio che ha immaginato grasso e che camminava verso le quattro in un vicolo parallelo, scatarrando a intervalli regolari in quella schifosa maniera che usano i vecchi, con fragore così alto e teatrale quale non aveva mai udito produrre da nessun altro essere umano. Il vecchio-fenomeno è poi riscivolato nel silenzio, lentamente così come ne era emerso – è durato a lungo in lontananza il suo mucoso richiamo, e forse non era corpulento come la sua mente se lo disegnava, forse era l'eco ad appesantire i suoi passi e le sue fauci – e alla fine è rimasto soltanto il silenzio, interrotto a tratti dal breve fracasso delle scaramucce di invisibili felini. Fino all'alba. Un'alba grigiastra funestata dal pianto di un solo gallo, un'alba che Lord ha visto nel dormiveglia – fantasticando come dall'alto di un ipotetico aereo in volo giunto anche quello da un altro secolo – illuminare la piccola città brulicante sotto il velo della nebbia tiepida.

Poi Lord si è svegliato un'altra volta, e anche stavolta è l'alba, anche stavolta è caldo (l'indovino!), ma un caldo innaturale, acido e fumoso. Al posto della nebbia, a filtrare dallo squarcio in alto la luce dietro le nuvole, c'è ancora questo fumo bianco, e gli spruzzi degli idranti, e i pompieri, e le ambulanze con le barelle, e gli agenti della **Irish Police** – la **Garda** – che frugano tra pantani, roba fradicia e rotta e macerie, le smuovono delicati ed eleganti con quei loro corti **manganelli** e i loro **berretti** e le loro **giacche giallogrigioblu a strisce catarifrangenti**. Uno di loro porta un leone al guinzaglio, mentre gli altri non riescono a fare a meno di ammirarlo orgogliosi. È scappato dallo zoo del parco, qui vicino, stanotte che il vento ha divelto le grate della gabbia, spiega lui compunto ai colleghi. E Lord non può fare a meno di pensare a M'sieu, se lo ha già visto, oppure, ora che lo vedrà anche lui, a come sarà contento.

AFTER THE ORDEAL

*Life crawls from the past, watching in wonder
I trace its patterns in me.*

*Don't say that I'm wrong in imagining
that the voice of my life cannot sing.
Fate enters and talks in old words:
they amuse it.*

*Don't blame me, please, for the fate that falls:
I did not choose it.
I did not, no, no, I did not,
I truly did not choose it.*

Peter Hammill, *Darkness (11/11)*

dal diario di Lord: pensiero prigioniero # 0

LA PAGELLA DI LORD

PROFILO DELLA PERSONALITÀ DELL'ALUNNO CON RIFERIMENTO ALLA PREPARAZIONE RAGGIUNTA E ALLE ATTITUDINI RIVELATE AL TERMINE DEGLI STUDI ELEMENTARI

Il comportamento generale di questo scolaro è encomiabile sotto tutti i riguardi: egli è preciso, spigliato, affabile, sempre obbediente e disciplinato. E anche i suoi quaderni ne riflettono la pulizia e l'ordine interiore.

È prontissimo nelle attività di apprendimento, perché molto intelligente, studioso, riflessivo, con un senso di responsabilità e attaccamento al proprio dovere superiori alla sua età.

S'interessa di tutto, e cerca sempre di approfondire le sue cognizioni con personali ricerche. Conseguentemente, il suo rendimento scolastico è ottimo in tutte le materie; eccellente in lingua italiana.

pensiero liberato #1: Mr Barrett

LO VEDI?

E allora lo vedi? Che hai sbagliato di nuovo... e perciò non mi è più possibile, ora, non punirti. Ma che schifo... era il meno che potesse succederti. Il meno. E tu lo sapevi. E anche se tu non ci crederai mai, ti giuro che soffro più di te, come forse tu non hai mai sofferto.

È per questo che sei ora virtualmente qui con me, poco fuori dal centro, poco dopo la fabbrica e lo Storehouse Guinness e il belvedere del suo **Gravity Bar** in **St. James's Gate**, e poco prima del verde e dei prati di Phoenix Park: siamo tra le anime inquiete dell'orrenda prigione del **Kilmainham Gaol**, e sono sicuro che non avresti avuto bisogno di essere morta e inquieta anche tu... Bimba, per sentirne la presenza, ascoltarle, toccarle.

E lo vuoi sapere perché ti ho portata qui? Perché io non sono di questo mondo. No, non sto affatto scherzando... e mi costringerai a tirare più forte le briglie, se continui a piangere. E allora dimmi... come vuoi che la facciamo finita? Potrei dire ai tuoi coinquilini qui in carcere di... farti a pezzi, cosa ne dici? Strapparti le carni di dosso brano a brano, mordere i tranci sanguinolenti, strapparti e masticarti la lingua e i seni, lasciarti assistere allo strazio che si svolge sotto i tuoi stessi occhi, prima di cavarteli per schiacciarli sotto il tallone... allora? Ti piace? Potrebbe andare come... atto finale fra voi anime dannate? La verità è che non ho ancora deciso, è solo che... mi fa troppo incazzare chi intralcia i miei piani, anche solo chi ci prova soltanto... come dici? Che io non ho mai un piano? Ma certo che non ce l'ho, io assecondo quello che capita... e tu eri troppo attaccata alla vita come progetto, per lasciarti andare: chissà, magari, a furia di provarci ne avresti salvato qualcuno, e forse proprio il tuo fidanz... guarda, guarda, c'è anche lui: perché non vai a salutarlo?

pensiero liberato #2: Mr Gino

SOGNO ANTICO

Di tanto in tanto, mi succede di risognare un sogno antico.

E i miei regolari torpori vengono scossi da una strana visione, che mi si impone con la forza di un ricordo. Il ricordo di un tempo lontano in cui sarei nato, avrei vissuto, cacciato, sofferto e ucciso, ingerito, defecato, copulato nel sudore e nel sangue, appreso di mille e mille emozioni.

La mia storia, la chiamo così per ridere.

Al mio io del sogno, tra l'altro, piace ridere. Ma lui ride con un movimento completamente differente dal mio. Ride con la mente e con il respiro, a piccoli scoppiettii aritmici.

Devo dire che mi ci sono quasi affezionato, a questa mia avventura intermittente. È... così... stranamente eccitante per me... non brillare di luce mia... alimentare del calore esterno il mio calore insufficiente... stabilire un legame fantastico con la terra. Come... un animale.

Sì. Un animale.

Un brivido di piacere mi pervade quando ci penso da sveglio. Allora infiggo felice gli artigli nel vento e mi sembra quasi di percepire il suolo sul quale striscio, di sentirne tra le spire il freddo o il calore. Esattamente come il mio io animale senza rostro del sogno.

Se ritorna all'improvviso, il sogno mi lascia svuotato quando ne riemergo, e vedo e so di conoscere cose ignote pur all'oscuro di nozioni elementari: e realizzo di essere un anello della catena della storia della conoscenza, che trattengo tra le zampe, per offrirlo al mondo.

E tutto questo – nel sogno – mi appare come una... una – mi viene ancora da ridere a pensarci! – una condanna a morte. Sì, l'espiazione di una pena nella quale il mio annientamento fisico altro non sarebbe che l'oblio delle mie trasgressioni dell'epoca, con annessa sepoltura nelle città perdute del mio passato analizzato, scomposto, sezionato e indicizzato fino alla scoperta della verità.

Per quella che può essere la verità di una piovosa notte d'autunno senza stelle... in cui mi dibatto preda del Caos che ho in qualche modo io stesso scatenato. Ma invece era già dentro di me... ora posso vederlo come in uno specchio. Uno specchio nel quale il mio volto è il tuo, Bimba... ma rigato di sangue.

Gli attimi che si formano dal sogno mi assalgono alla gola lasciandomi senza fiato. Vivo e distinguo nel sogno il bianco dal nero, pur soffrendo della pellicola trasparente che ci tiene divisi. E ciò mi appare – pazzesco, no? – una guida per le nostre scelte.

Perché ci sei anche tu, nel mio sogno.

Tu che entri ed esci dalle mie incoscienze di personaggio autonomo e controvertente, e mi procura un lieve senso di disagio il non riuscire a ricordarmi se sei morta o sei viva.

Ti vedo a terra a volte, graziosamente scomposta, il tuo bel visino alterato in una smorfia, perfettamente immobile; altre volte invece mi sorridi dolce, rapita dalle mie mute dialettiche che solo tu sai intendere. Morta o viva che tu mi appaia, hai comunque un che di costante: all'improvviso mi abbassi le pupille sulla patta e sui fianchi, inspiri leggermente e non riesci a nascondere l'enorme cazzo duro che ti si disegna in quel bel cervellino che ti ritrovi. E io rifletto astrattamente di ogni tuo bollore con una punta di amarezza per le mie logiche frustrate dalla loro stessa inappuntabilità... pazienza, non si può avere tutto dalla vita.

Beh, proprio tutto no, ma... sogni ricorrenti a parte, resta la gioia se vuoi banale, se vuoi infantile che mi procura l'averti sempre accanto. Altro che sogno! Ancora non mi sembra vero che sei qui con me per sempre... docile e birichina fra i miei talloni e la coda. Mi dirai un giorno che aneli attingere al mio sapere infinito? Lo farai un giorno senza contemporaneamente fissarmi e stringermi l'uccello? Su, da brava, provaci, dillo danzando su quei piedini, allarga per bene le braccia, dài, non farmi aspettare, lo sai che ti amo così come sei, che non ti vorrei mai diversa...

pensiero liberato # 3: Bimba per sempre

VORREI CHE TU (NON) FOSSI QUI

Kilmainham Gaol, nell'aria

Tu... non esisti.

Neppure io, lo so.

Ma esistere o meno non è un mio problema, almeno non più: e non so se si potrebbe dire lo stesso di te... **Syd**.

Posso chiamarti Syd, vero? Sai com'è, dopo che ti sei presa sia me che il mio uomo, che per giunta mi hai messo alle costole per farmi dare i tormenti proprio da lui, mandarti affanculo mi sembra il minimo, no? Sempre che riesca a trovarti, qui da qualche parte... caro il mio **Mister Zero**.

Kilmainham Gaol, vecchio braccio settecentesco

E infatti, qui non ci sei... non hai firmato incidendo il tuo, fra i **graffiti** sulle **mura luride**, e io ti conosco... se ci fossi passato, o rimasto fino a ora, lo avresti sicuramente fatto: perché non sai resistere alla tentazione di lasciare una traccia. Perché è proprio questo che ti rode: che nessuno mai si ricorda di te. E dimmi un'altra cosa allora: eri un **amico di papà**, vero? Perché neanch'io ricordo di averti mai visto, all'epoca; ma si sa, tu non sei un tipo che si nota. Appunto.

Kilmainham Gaol, cortile delle esecuzioni

Neanche qui, ci sei. È qui che li hanno fucilati, quelli dell'**Easter Rising**: il comandante

Connolly, i fratelli **Pearse**, **Joseph Plunkett**, gli altri... e neppure quella volta ti sei preso le tue responsabilità del gran casino che avevi combinato. Troppo comodo, dissociarti dal caos di cui porti il nome. Neanche qui c'eri, neanche qui ci sei. Ne ero già sicura, ancora prima di passare.

Kilmainham Gaol, padiglione centrale

Ma dove sei insomma? Neppure nella **cella del Presidente**, ci sei. E lo credo bene: **De Valera**, lui sì che ti ha fottuto... scommetto che ti brucia ancora. Perché sei un perdente, ecco cosa sei: perché tu perdi sempre, questa è la verità. Ma dove sei finito allora?

Kilmainham Gaol, portone d'ingresso

Ah, ecco dov'eri! Nei **draghi incatenati in cima alla porta**, insieme a Gino... o a quel che ne resta. Ma anche di lui, mi piace pensare che non ci sia. Come diceva, **Epicuro**? Quando la morte è arrivata, vuol dire che noi non ci siamo già più; e finché ci siamo noi, la morte non c'è. Capito, **Mister Nullità**? Tu qui non ci sei, altro che draghi e serpenti, quelli sono soltanto pallidi simulacri di quello che avresti sempre voluto essere... e purtroppo per te non sei.

E allora... io non ci sono, Gino non c'è, tu non ci sei, neppure nei draghi in catene. E lo sai cosa vuol dire questo? Che ho vinto. Non ci sono, lo so, ma ho vinto. Ti ho sconfitto, bello. Perché io resto nel cuore di chi mi ricorda, e tu no. Tu sei solo un brufolo sul culo dell'universo, da spremere alla svelta con fastidio. **Mister Brufolosulculo.** Lo so che ti rode, ma i miei amici restano comunque in giro da qualche parte, morti o vivi che siano o possano essere. E forse, chissà, c'è speranza anche per Gino. Non per te, non tu: per quanto male possa esser andata a loro, sempre meglio che a te. Come avevi detto, che ero troppo attaccata alla vita? Beh, avevi proprio ragione, visto che per asfaltarti è bastato soltanto metterti di fronte ai tuoi innumerevoli fallimenti come Triste Mietitore. E ti saluto allora: anzi sai che ti dico, forse qui non ci sono neppure mai stata, e neanche mi interessa se o dove saresti tu: me ne vado a cercare gli altri. Anzi no, neppure: che se ne vadano per la loro strada, senza il fastidio della tua nonpresenza.

Io me ne vado per la mia, e tu non saprai mai dove. Se vuoi, puoi provare a Grafton, dove so che ti piace andare a pranzo. Facci un salto in una notte di nebbia, e ci sta che tu m'incontri, dov'era prima **la mia statua, col mio carretto di frutti di mare**. Ma non ti garantisco nulla, se non che la **Molly Malone** di fronte **all'ufficio turistico** nella **vecchia chiesa di St. Andrew**, in **Suffolk Street**, ecco, quella lì, forse, potrei essere io. Lo sapevi anche tu, no, che ero già stata qui?

QUALCOSA FINISCE, QUALCOSA RIMANE

pensiero liberato # 4: il Signor Polo

CONFESSIONI POSTUME DEL SIGNOR POLO, ARTISTA INCOMPRESO

Il giorno nasce oppresso da una coltre di piombo: nubi che filtrano e riflettono la luce di un sole assente alla vista, e io so che è il mio giorno.

Allora, senza prima radermi come invece faccio di solito, esco e passeggio per le strade ancora vuote.

Gli edifici che man mano supero vibrano di un impercettibile tremito, cagionato dal passo lento del mio odio, e non basterà una intera pattuglia di netturbini per ripulirne le pareti dal veleno delle mie occhiate.

Perché? Ma come perché... perché sono un Artista.

Che c'è, ti sorprende? Solo perché M'sieu diceva sempre di esserlo, e io mai... e invece sono proprio io, quello estroso dei due. E lo so che è difficile crederlo, per te che pensavi di conoscermi, ma ti posso giurare che è proprio così.

Ho comprato un bel paio di lenti scure, per inforcarle oggi che il cielo è coperto: non è ancora giunta l'ora di rivelarmi...

Ma intanto è giusto che si incominci a percepire la mia presenza.

I tonfi meccanici del cantiere delle mie colonne sonore mi rimbalzano nel cervello mentre scandisco i piccoli gesti che vi concedo dall'alto del mio palcoscenico virtuale: sono un Artista... lo sono malgrado e oltre la mia stessa volontà, che cosa posso farci se non si fermano mai?

Dicevamo... ah sì, che sono un Artista.

Sono un Artista, e sono più triste di mille ipocondriaci.

E l'essenza vitale di ogni mia sregolatezza, la vera e pura radice del mio genio, altro non è che l'ossessione maniacale di riordinare in sequenza fino al minimo dettaglio il caos idiota che mi circonda e tormenta da quando, inconsapevole demiurgo, Tantalo inconscio del mio orizzonte temporale, nacqui e presi possesso di questo ingrato suolo. L'unico elemento di esso con il quale potermi conciliare è... la forza del mare. Il mare grigio che anche qui sono andato oggi a cercarmi salendo sulla **LUAS** per **Dun Laoghaire**, lì sul molo dove dicono che tutto incomincia, sia che tu parta per l'altra isola, sia che tu arrivi da quella. E ho voluto prendere la metro anche oggi che, figuriamoci se ne avevo bisogno, avrei potuto volarci in un attimo. E arrivato lì: è sabato, altra giostra, altri regali... bambini, passeggini, bancarelle, caramelle e zucchero filato. E allora per favore potete tacere, fare silenzio, una volta per tutte? Vi prego... finché continuerete ad accapigliarvi urlando non riuscirò a udirlo, il mormorare della risacca...

Sono un ipocondriaco, e vi odio.

Vi odio sostanzialmente perché non conoscete abbastanza voi stessi. Spiegarvelo sarebbe una fatica immane, finanche per me. E così mi limito a tollerarvi. Ma mica per sempre... fino a quando non mi scapperà la pazienza, e allora... allora potrei anche stancarmi della mia audience.

Finanche chi mi è vicino – chi? – fatica a immaginare quello di cui sono capace.

Ho in serbo un bel catino di lacrime amare per ciascuno di voi, non ci credete?

Non oggi però... quando sarà tempo.

Viene la sera e un'ombra si allunga e si stampa sui muri: è enorme, con lunghe orecchie puntute, e canini aguzzi. Strano, perché se volgo lo sguardo a chi quell'ombra l'ha generata, non vedo altri che un vecchino scheletrico e segaligno, naso a punta, calzamaglia viola, scarponcini, bombetta. Mi guarda, sorride e mi dice: bravo!

Nutro grandi speranze su di te! Meno male... perché so già che se tu fossi diventato vecchio come me non saresti stato poi molto diverso da così: tutto quel che conta per te deve essere poter afferrare, fermare questa tua breve eternità...

pensiero liberato # 5: Monsieur M'sieu

IL REAME DEL BUIO

Il plenilunio corona i boschi dell'orizzonte piatto giù in basso, poche stelle a testimoniare il silenzio del freddo. Una linea verde che è nera scorre verso una meta, una linea nera che è verde cinge il mio spettro visivo.

Passata la bufera, cessate le e i cupi tuoni lontani, trascorso un intero giorno a leccarne le ferite e sfumarne il ricordo, ora le stelle della nuova notte scagliano su questo emisfero il loro carico di luce fredda, mentre io zampetto sulla nuova pioggia caduta, pasticcio e lascio orme bagnate.

La mia lingua penzoloni rilascia al freddo lunghi sbuffi di vapore; il vuoto mi ha appena restituito l'eco del mio ultimo latrato, è tempo di far silenzio ora.

Principe del buio. Come mio fratello il leone venuto a cercarmi dallo zoo: lo so che era lì per me. Ce n'è voluto di tempo, ma alla fine ci siamo incontrati.

Padrone di una notte senza giorno, unica sola creatura viva e desta di essa, dove nulla e nessuno può ora figgere lo sguardo nelle mie pupille luminescenti della bragia rossa delle mie curiosità, sulla retina di nessuno può disegnarsi contro la luna il profilo elegante delle mie grandi orecchie di fennec.

Adesso ho smesso di abbaiare, e corro indisturbato tra le dimore mute di voi uomini addormentati. Ho le chiavi dei vostri sogni: vi penetro e ne fuoriesco con la leggiadria di un incubo arrotolato, non senza aver prima lucchettato di paure dimenticate i vostri cassetti della memoria. Corro e la notte mi si spalanca, nuda e immensa ansimando. Vivo e respiro i suoi gelidi umori, inebriandomi del suo delirante amore. È mia.

E voi siete miei. Chiusi nelle vostre scatole, posso vedervi adagiati inerti morti nei vostri lettini di bambola. Sono su ogni sponda. Tutte le vostre piccole ansie... così noiose nella veglia... vi vedo tutti, e vi comprendo tutti, nel mio piovoso abbraccio. Potrei chiamarvi uno ad uno, svegliarvi e dannarvi, potrei scegliere uno qualunque di voi o tutti, uno dopo l'altro, spezzando le vostre incoscienze per destinarne al mio svago la disperazione. Non l'ho ancora fatto. Potrei. Frattanto ci penso, scelgo e decido.

Ma adesso intanto... com'è bello, il Liffey di notte, all'altezza di Heuston Station, di poco superata la fabbrica della Guinness in direzione

Phoenix Park, mentre le corse dei bus percorrono solitarie il lungofiume prima dell'alba... la nebbia che lo avvolge ne filtra le luci, che sfumate ne emergono, gialle e rosse...

pensiero liberato definitivo: Lord e anche tu

UN GIORNO

E poi un giorno, all'improvviso, resti da solo e capisci.

Ti guardi alle spalle, e vedi che tutto quello che stavi progettando, proprio quelli che dovevano essere i necessari presupposti dell'oggi, sono diventati invece il passato finito e compiuto di quello che sarebbe dovuto accadere ma non accadrà. Perché era solo nella tua testa, quel futuro che non c'è, perché quel futuro è oggi; e tu, quel futuro, lo vedi? Non lo vedi. E allora vuol dire che non c'era neppure prima.

Resta quel poco o tanto che hai fatto mentre pensavi ad altro, mentre era altro quel che volevi. E anche quello lì che sgambettava, sgomitava, assillava non eri tu, era un altro te. Divertente da guardare adesso: da ammirare, per certi versi. Sempre stando a quel poco che ti ricordi... perché per molti altri versi quel tuo te di allora non lo riconosci praticamente più. Come se fosse stata un'altra vita, vissuta con un altro dei tuoi nomi che adesso hai dimenticato, eppure sempre all'interno di questa. O forse no, forse fuori. Là fuori: dove, sui boschi di questa verdissima terra, mille differenti lune ornano mute lo stesso silenzio.

È tempo di andare, partire per un nuovo viaggio per chissà dove, visto che a quanto pare il giorno del tuo giudizio è stato rimandato di nuovo. E sai che c'è? Potresti mollare finalmente la bottiglia e riprovare a imbarcarti su quel **veliero**... la Jeanie Johnston, a bordo della quale non è ancora morto nessuno, neppure quando stava per affondare... vuol dire che porta bene. Pare sia ancora ormeggiata sul lungofiume, **Molo Nord**, in direzione est poco prima dello strano **ponte di Calatrava**: potresti provare a chiedere se e quando riprende il mare. Magari torna in **America**... o magari ti riporta in **Tasmania**: dove ti attendono altre vite e altri nomi... chissà, forse è proprio là, la tua **pentola piena di monete d'oro in fondo all'arcobaleno**... ma tanto, per te, ormai, che differenza fa?

Her eyes, they shone like the diamond
you'd think she was queen of the land
and her hair hung over her shoulder
tied up in a black velvet band

For seven long years transportation
I was sent off to ***Van Diemen's Land***
far away from my friends and relations
to follow this black velvet band

*She'll fill you with whiskey and porter
until you're not able to stand
and the very next thing you'd know, me lads
you've landed in **Van Diemen's Land.***

Postfazione dell'autore: i perché di questa storia

L'ispirazione e **l'idea di Musica mentre** hanno preso corpo nel tempo da questi **tre eventi accaduti nel corso della mia vita**:

1) la mia **militanza giovanile in una jazz-rock band** di scarso successo;

2) la mia tardiva scoperta dell'appeal dell'**Irlanda**, e di **Dublino** in particolare, prima quale **destinazione turistica** e poi quale oggetto

di un possibile (poi mancato) **investimento immobiliare**;

3) il mio acquisto in tempi prepandemici di un **biglietto** per il concerto di Roma dei **Van der Graaf Generator**, inizialmente programmato per il **7 aprile 2020**, poi più volte rinviato, al momento in cui scrivo fissato per il **3 maggio 2022**.

E così, shakerandomi in mente **vecchi ricordi di palcoscenico**, curiose **esperienze fatte in giro per Dublino** alla ricerca del miniappartamentino dei miei sogni, e **interrogativi tuttora irrisolti** su quando sarei mai tornato a vedere **il primo concerto** dopo la fine della pandemia, pian piano è venuta fuori questa storia che fonde tutte queste cose insieme in un immaginario omogeneo.

Perché **Dublino** è sicuramente **una della capitali del rock**; perché diamine mi piace ancora pensare che prima o poi chissà un giorno **forse davvero ci comprerò casa**; e infine perché la tappa dublinese di avvio del *"***The Last Domino?***" Tour* dei **Genesis** – fissata dapprima *per il 16 novembre 2020, poi riprogrammata più volte, infine annullata causa fine tour con conseguente annunciato scioglimento della band, e per la quale per mia fortuna non avevo acquistato biglietti come pure a suo tempo avevo pensato di fare – ha avuto, fra comprensibili **incertezze**, prevedibili **svogliatezze** e incredibili **lievitazioni** dei prezzi, un percorso persino più travagliato di quella romana dei Van der Graaf (il cui tour non toccava Dublino, ecco perché non ho voluto scegliere di raccontare di un loro concerto).*

*A questo punto mi è partito nella testa il fatidico: **che cosa succederebbe se**... alcuni **ragazzi** (un po' come la mia vecchia band) se ne andassero oggi **in giro per Dublino** ad **annusare la città** (un po' come me quando ci cercavo casa) nella vaga consapevolezza che **il futuro è incerto** che più incerto non si può?*

***Musica mentre** si chiama così proprio perché alla fine **di musica ce n'è poca**, mentre invece c'è tanto di **quel che malauguratamente succede** mentre i suoi protagonisti vorrebbero fare musica,*

253

*ma... insomma mi è sembrata una bella **metafora della forza del destino**, che possiamo illuderci di combattere, ma in realtà controlliamo solo in parte.*

*Nel mezzo – anzi, dovrei dire: nel mentre – tutto **il fascino polveroso** e dimesso **di una città unica**, che innamora, sorprende e diverte, per **l'intricata bellezza della sua storia** e **la magnetica empatia dei suoi abitanti**. Un **luogo dell'anima** che mi piaceva far comparire **sullo sfondo**, come in **una** sorta di strana e schizzata **guida turistica alternativa,** tutta **emozionale e situazionale**.*

*E da ultimo – last but not least, vero convitato di pietra in terra d'Irlanda – non potevo dimenticare **il rock**. Citato, stracciato, sbeffeggiato, scimmiottato, stramacchiato, pastrocchiato, anzi, è proprio il caso di dire: **pastrockiato**, che fa pure vintage il giusto. E vabbè, spero vi abbia divertito anche quello, e... **buona musica mentre!***

Carlo Crescitelli

Grazie a:

- **Flavio Alagia** *(per il leone che non c'era, e poi c'è)*

- **Antonio Banderas** *(per le cose di cui il gentiluomo non parla)*

- **Rossella Bilotta** *(per i suoi "Non ti sei ancora stancato di lavorare?")*

- **Elena Colombo** *(per i suoi sapienti interventi)*

- **Athos Enrile** *(per le luci e le ombre del prog)*

- **Valerio Evangelisti** e **Robert E. Howard** *(per il bastone juju)*

- **Mr Furbo** *(è proprio vero che non tutti i mali vengono per nuocere)*

- **Giovanni Lindo Ferretti** *(per le questioni di qualità e le formalità)*

- **Nunzio Giannini** *(per il suo "cose fatte male e di fretta")*

- **Victor Hugo** *(anche lui per il leone)*

- **staff Jeanie Johnston** *(per aver ricordato il mio nome ed email)*

- **Legion la serie tv** *(per Syd, e pensare che ne ho vista poca o niente)*

- **Giuseppe Marotti** *(per i Topolini sul leggio: non Dylan Dog, Topolini, per la saggezza collegata)*

- **Claudio Pastena** *(e mica solo per Dublino, diamine!)*

- **Flora Petrillo** *(per la morte che non c'è, finche ci siamo noi)*

- **Gianpietro Verosimile** *(per le positive vibrations)*

Ovvia quanto irrinunciabile nota

Per quanto ambientata prevalentemente in luoghi reali di una città reale, e abbellita da musica spesso vera di veri musicisti, questa resta pur sempre un'opera di pura e totale fantasia.

Perciò, chiunque dovesse eventualmente ritenere di ravvisare, nei vari personaggi che animano la storia o nello sviluppo delle varie vicende, un qualsivoglia riferimento a persone realmente esistenti o esistite o a fatti realmente accaduti, sappia che si sbaglia, e di grosso.

E ci mancherebbe altro: diamine, non mi sarei mai permesso.

L'autore

P.s.: nessun leone è stato maltrattato durante la stesura del testo.

Appendice a)

DUBLINO IN SINTESI

Dove eravamo

The 3Arena

Samuel Beckett Bridge

Beshoff Fish & Chips

Bewley's Oriental Cafés Ltd.

Clarence Hotel

Christ Church Cathedral

St. Andrew's Church

Dame Street

Dublin Tourism Centre

Dublinia

Duke Lane

Dun Laoghaire

Earl Street North

The Docks

Dublin Ghostbus

EPIC – Museo dell'Emigrazione Irlandese

Forbidden Planet

Grafton Street

Gravity Bar

Guinness Storehouse

Henry Street

Heuston Station

Howth

Jameson Distillery

Jeanie Johnston Tall Ship

Kilmainham Gaol

Lemon & Duke Cocktail Bar

Luas

The Liberties

Merrion Square

The Mongolian Barbeque

The Irish Rock'n'roll Museum Experience

O'Connell Street

Phoenix Park

Porterhouse

The GPO General Post Office

River Liffey

Shelbourne Hotel

The Smithfield district

Smithfield Square

The Spire

St. Stephen's Green

St. James's Gate

Subway

Supermac's
Suffolk Street
Temple Bar
Trinity College
Vicar Street Performing Arts Centre
The Phoenix Park Dublin Zoo

Con chi eravamo

L'arcobaleno
American beauty
Barack & Michelle
Bono Vox
Book of Kells
Santiago Calatrava
Carlos Castaneda
Piero Ciampi
James Connolly
Fabrizio De André
Éamon de Valera
Emily Dickinson?
Dylan Dog
Ian Dury & The Blockheads
Keith Emerson
Garda – Irish Police
Allen Ginsberg
Jerzy Grotowski
Arthur Guinness
Peter Hammill
Alfred Jarry

James Joyce

Franz... Kafka?

Il folletto leprecane

Spike Lee

Molly Malone

Il popolo Mandan

Karl Marx

Padraig & Willie Pearse

Papa John's Pizza

La pentola piena di monete d'oro

Phil, Mike & Tony

Astor Piazzolla

Joseph Plunkett

Edgar Allan Poe

Robin Hood

Enzo Salvi

Scooby Doo

Silmarillion

Patti Smith

Bram Stocker

Jonathan Swift

Konstantin Sergeevič Stanislavskij

Luigi Tenco

Dream Theater

J. R. R. Tolkien

Van der Graaf Generator

Vikings: Valhalla

The Who

Oscar Wilde

YouTube

Outfit

Bastone bamboo
Ballerine
Bermuda
Berretto tweed
Boccale di birra
Calzoni di tela
Ciabatte in plastica
Coda di cavallo maschile
Djellaba
Gilet di renna
Gonna zingaresca
Infradito
No ombrello
Occhialoni da nerd
Orecchini
Pantaloni risvolto, pinces e tasche in diagonale
Poncho
No portafogli
Pullover collo a vu
Salopette
Sneakers imbrillantate

Stivaletti a tronchetto
Stivaloni da rodeo
T-shirt hurling/rugby
Tintura neranero

In tavola

Garlic bread
Guinness, Murphy's & Smithwick's beers
Irish coffee
Fish & chips
Papa John's Pizza
Shepherd's pie
Irish stew

<u>Menu "Vecchia Tasmania"</u>

    Ravioli ricotta e prezzemolo
    Lenticchie bollite in grasso di maiale
        *

    Vitella alla salsa di prugne
    Carne all'aglio scarafaggiata
        *

    Pomodori ripieni alle noci
    Melanzane arrosto
        *

    Vino forte, vino dolce
    Vinaccio ad alta gradazione alcolica
        *

    Dolce allo zabaglione
    Cioccolato in schegge
    Spumante cattivo

Appendice b)

NOTE TECNICHE DA CONCERTO

Strumentazione

Semiacustica Ibanez con le effe
Organo Hammond & ampli Leslie, fondamentale
Batteria senza grancassa: poi, il resto a piacere
Kora
Polistrumenti vari, tra cui berimbau
Voce cacaglia
e bada bene niente basso

Musica tra le righe

Kevin Ayers – *The confessions of Doctor Dream*
Deep Purple – *Highway star*
The Dubliners – *Molly Malone*
Duran Duran – *The wild boys*
Ian Dury & The Blockheads – *Hit me with your rhythm stick*
Ian Dury & The Blockheads – *Sex and drugs and rock'n'roll*
Brian Eno (con Robert Fripp) – *Baby's on fire*
Peter Gabriel – *No self control*
Peter Gabriel – *Secret world*
Genesis - *Abacab*
Genesis – *After the ordeal*
Genesis – *Dancing with the Moonlight Knight*
Genesis – *Invisible touch*
Genesis – *Land of confusion*
Genesis – *The musical box*
Luke Kelly – *Black velvet band*
King Crimson – *Undiscipline*
Pink Floyd – *Wish you were here*
Patti Smith – *Rock'n'roll nigger*
Soft Machine – *Pataphysical introduction, Part I & II*
Bruce Springsteen – *I'm on fire*

Talking Heads - Memories can't wait (anche cover Living Colour)
Van der Graaf Generator – Darkness (11/11)
Van der Graaf Generator – Lemmings

E tutta quella non espressamente nominata, ma che di sicuro avrai individuata ugualmente: fai tu, sei tu che conduci il gioco. E allora... io esco di scena: buona musica a te!

Printed by Amazon Italia Logistica S.r.l.
Torrazza Piemonte (TO), Italy